WHEN I'M GOOD ENOUGH TO MEET YOU

安宁徐行

The scenery blooming one stop after another

远山远 著

北京时代华文书局

目录

c o n t e n t s

Chapter 1

青海湖，别再折磨

这雨，这山，这土地，已经全然区别于我从小生长的环境，宛如异界。

“美女，过来签个字。”

我站在停车场，闻着浓烈的汽车尾气，头晕得厉害。

这会儿已经是傍晚，大概是因为海拔太高不适应的缘故，我一只手捂着自己不断冒虚汗的额头，另外一只手接过一个人递过来的表格，龙飞凤舞地在上面写下两个字。

那人在我脸上看了又看，对我说：“美女，你脸色这么差，就别戴这么多首饰了，费力的。”

负责登记的高原小哥红着一张脸，我把笔放下，对着他笑了一下：“不能摘，我奶奶给我保平安的。”

小哥脸上的表情很古怪，大概是对我说的话不以为然。

我无所谓，都到这个时候了，谁还会在意一个陌生人对自己的言语是否信以为然。我离开的时候似乎还听见他在咕哝什么。一阵冷风灌过来，惹得我嘴角抽了一下。我把双手塞进口袋，手腕上的首饰叮叮当当作响。

我没撒谎。

奶奶三天前刚刚去世，她走了三天，我醉了三天。第三天，上飞机的时候我还在神志不清，差点没让我登机。就这样呼呼大睡了两个多小时，我到了兰州。从兰州再一路坐高铁，现在到了西宁。从天空上就可以看到这里的地形跌宕起伏，飞机上有不少老外，估计是慕名一览敦煌的仙姿。而对于从华北平原一路飞驰而来的我来说，这雨，这山，这土地，已经全然区别于从小生长的环境，宛如异界。

在异界孤独不是一件可耻的事情，不过说到这些珍贵的钻石玉石手镯手链，它们个个都价值不菲。如今被我一连串地戴在身上当然不是为了好看，也不是为了炫富，我把这些东西随身携带，是因为这些是奶奶给我的遗物。

她是我在这个世界上最爱的人，我活在失去挚爱的痛苦之中。

医生给我想了很多办法，都不奏效，无论他让我做什么，我依然想死。我们最后一次见面的时候，他对我摇了摇头，叹了口气，建议我用旅行疗愈法。

那个时候的我不想旅游，我只想喝酒，喝死我自己。但是如果我不去旅游，医生就要每天都来。我寻思着是医生都承受不了我这样黑暗又庞大的负能量，所以便给我们一个机会让彼此都缓缓——当他知道我选择了大西北的时候，他总算松了一口气。

这次旅游，同行的驴友和自驾的车子都是之前在网上订的。这也就是为什么刚才我要登记。因为我们都是陌生人，登记是保障安全最好的一种方式。

阳光刺眼，登记完了之后，我被小哥叫去那边集合。

我眯着眼跟着他的身影来到熙攘的人群当中。

“这是你的小伙伴，你们两个，认识一下。”

“你好。”

我想我那时候的表情一定不太好看，因为当我说这两个字的时候，甚至看都没有看那个人。

太阳太晒了，我一只手挡着阳光，眼睛皱眉看着别处——这个表情，或许能被翻译成不耐烦。

正当我下一秒为自己这般的粗鲁感到一丝惭愧，寻思着要不要道歉重新打声招呼时，那个人却没有理会我。

突如其来的冷遇让我这才集中注意力仔细看了那人一眼，这一看，我才发现这人还是个男孩儿——准确说，应该是个大学生，或者是个刚工作的毕业生。

看背影的模样，这个男孩儿很高。穿着白色衬衫，搭配黑色长裤，很简单的衣服，却被他穿得异常挺拔。

“别的队友呢？”我问。

“就你们两个。”

“什么？”我皱眉，“广告上不是六人成团吗？”

“美女，你们运气好，这次出行的另外四个人全都临时爽约了。所以你们这是豪华双人定制游，恭喜你啊！”

我这是上当受骗了吗?

如果是好团，怎么会一下子有四个人退团?想着想着，我根本就没有理那个小哥，“喂！”也许是看到白衬衫忽然离开，我生怕他也退团，人生到了这个地步，若是再连旅游都碰到骗子那就太悲惨了，“同学，你等一下，那个，队友！”

我叫到队友的时候，他才回过头。

“什么事？”

这个声音，让我原本处于烦躁中的心情一下子好像打了一针镇静剂。

我一秒钟就安静下来，嘴唇抿着，没再说话。

眼神交汇的时候，我发现他的确是一个长相极其好看的男孩子。

即便每个五官拿出来都不是那种最精致的，甚至有一些平凡。但是就是这样的五官结合在一起，让这张脸显得格外深刻立体起来。

他站在那儿，像是一块浸泡在泉水中冰冷的古玉，撇去了多余的秀气和宝气，沉淀出难得的沉稳和独特。

“嗯……你那个。”

我难得说话不顺，咳嗽了一声。

“……知道我们其他的队友都走了吗？”

“有什么问题？”

“你仔细读过合同吗？我订的时候没看合同，所以有点担心……”

那人听我说完，却没有回答，看我一眼，转身就走。

我站在原地，一阵发怔。

在大西北唯一的队友就这样无视我，弯腰上了一辆越野车，我看了眼车牌号，有点儿眼熟，好像这是配给我们自驾游用的车。

我也跟着一道儿上去。开门的时候，已经看到“白衬衫”坐在驾驶座上。

他一手扶着方向盘，脸侧过来，侧对着我，但没看我。

“干什么？”

“上你车。”

“团里不是给你配了车？”

“我不会开，麻烦你了，谢谢。”我撒谎。

白衬衫沉默一秒钟。

然后，还是直截了当戳穿了我的谎言：“所有报名的人，都必须有驾照——这是报名须知上写的。”

“我今天开不了。”

昨晚吃了药，现在我还不能进行精密机械的操作——这是真的。

不过至于到底是什么药，我跟他一个路人，也没必要解释这么多。

不想再动了。

我直接把包包扔进了车座椅上，上车，“砰”地关上了门。

“走吧，就咱两个人，开两辆车不环保。我会一直睡觉，不吵你。”

说完，我自顾自地系上安全带，把眼睛也闭上了。

白衬衫坐在前面安静了一会儿。

我在纠结他会不会赶我下去，不知道过了多久，我迷迷糊糊快要睡着了，才感受到车子的启动。

那个时候我还不知道，就是这一趟人生噩耗中突如其来的旅行，遇到了我想要爱一辈子的人。真主说，命运让你失去一个东西时，就会赠送给你另外一个东西。

即便遇见他并不能消弭我心中的痛苦，但我慢慢学会和解了——是的，我学会和命运和解。我们各退一步，我不再恨它，它也不再折磨我。

我也学会和自己和解了，我亦不再折磨我自己。

……

车子的出发点是西宁，所要走的路是著名的 109 国道。

G109，一路充满了诱惑，是一条用生命铺筑的路。

这条路建造于 1942 年到 1954 年，一共用了 13 年的时间，由代表全球最大的皇家宫殿建筑群紫禁城开始，穿越黄河流域，至世界海拔最高的皇家宫殿——布达拉宫。

走 109 国道，下一站是青海湖。

那是我和孟冬刚刚在一起时就约定要去的地方。我们在一起三年，直到前不久刚刚分手，梦想到最后也没有实现。

从西宁到青海湖有 290 公里，从这里开过去大概需要三四个小时——这次出门之前虽然我没有心情做攻略，但是这个目的地对我来说实在太熟悉了。这是我想了三年都没来成的地方，每一条路线、每一个服务站，还有每一个景点，我早就背得滚瓜烂熟。就算忽然有一天直升机把我丢在这里——只要给我一辆车，不用地图，我就可以穿越山峦雪地还有沙漠。

车子里在放一首中文歌，女声唱的。伴奏是节奏明确的鼓点，配合寂静的车内还有外面不断变换的风景，听起来还有点味道。

“你喜欢民谣？”我微微坐直身体，问。

“这不是我收藏的歌。”

“车里自带的？哟，还挺时尚。”

这好像还是个挺有名的民谣女歌手吧，我平时几乎不听国内的民谣，偶尔一听，总还有惊艳的作品，这令人惊喜。

又或者是天时地利人和，不然你让我在东三环堵车焦头烂额的时候来首歌，或者是早起闹钟响铃的某首歌，我想不管是什么歌，我大抵都是觉得不会好听的。

忽然，白衬衫好听的声音在前面说：“前面服务站，加个油。”

“可。”

我说完，白衬衫的车子就从国道上下去。

下国道的路有点颠簸，我脑袋里变得混混沌沌，胃里同样泛起恶心。他开门准备下车的时候，我打起精神，从背包里拿出钱夹。

他关门下车，我也跟着下去了。

白衬衫看我也跟下来，好看的脸上略有困惑。

大概是在说：你下来干什么？

“哦，那个啊，”我摸摸鼻子，“不是我蹭你车吗，总不好意思油钱都蹭你的吧，多少？我付。”

我京浪不缺钱（说到这个名字，我自己都有些惭愧），只看到白衬衫站原地，看了我一秒，微微眯眼，那个眼神，值得玩味。

我不觉得有什么不妥。

大概是看我眼睛里的神态真的太理所当然了，白衬衫也没说什么，我趁这个工夫，赶紧把纸币拿出来付给加油站的小哥。

因为不确定这一路到底能不能用电子支付，我带了一些现金。

一些现金，谈不上很多，但是也有相当的一部分。

几个坐在加油站对面角落的小混混，一边抽烟一边眼睛直勾勾地盯着我。

实话实说，区别于许多还处于情窦初开羞赧的小姑娘，我并不会因为这种眼神感到太多的不适。我心里深知一个美丽女人和一个美丽女孩的区别所在，我给自己的定位是一个“美丽的女人”，所以当我面对男人贪婪的目光时，我要昂首挺胸，不能唯唯诺诺。这是我的盔甲，也是一个女人的盔甲。

我扯开嘴角自顾自笑了一下，然后拿着钱包，重新回到车上。

不一会儿，油加好了。

发散的思绪被我一点点扯回来，加好油以后，我和白衬衫心无旁骛地重新上路，车子从加油站发动离开，没过多久，再次回到国道上。

等我们回去的时候，国道上刚好路过几只牦牛，这场面对于我一个从小生活在皇城根儿下的姑娘来说还挺新奇。

好在这几只牦牛还算乖，没有打算在国道上嬉戏打闹逗留一会儿，只是路过就走了，没有耽搁我们太多的时间。

然而，就是牦牛走后没几秒——“咚咚”，我旁边的玻璃窗被敲了两下。

我天生神经比较敏感，登时吓了一跳。

下意识朝窗外看去，正是刚才加油站那几个抽烟的小混混。他们三五个人站在车外，嘴里吹着口哨，把烟头扔在地上，看样子是想让我们下车。

“你刚才把他们的牛轧到了？”我第一反应是这样的。

白衬衫一只手扶着方向盘。

“没有。”

“那他们来干吗？推销？”

很多年后回忆起来，当时我就抱着包包在车里舒舒服服地坐着，不知道是不是我神经大条，还是坐在车里莫名有种安全感，总觉得遇到打劫是这种反应有点过于淡定了。

相反，白衬衫的表情看起来比我严肃得多。

“你在车里坐着。”

他对我留下这一句，然后转身就在副驾驶上拿了一叠钱。

“嗯？你干什么？”

我忽然开始担心。

但是担心是没用的，他“砰”的一下关了门就走下车。

然后我听见“咔嗒”两声，他直接反手按车钥匙把我锁在了车里。

坐在后座上抱着旅行背包的我这才意识到，我们这可能是遇到了歹徒。

出来第一天就遇到这样的事，委实超出了我的预期。看着白衬衫一个人斯斯文文地站在那三五个混混面前，顿时有些发蒙。

我愣了一秒，赶紧拿出手机准备报警。

因为隔着玻璃，所以我并不能听见他们交谈的内容。但是光凭静态的影像来看，情况不容乐观。只见其中一人伸手一下子推了白衬衫的肩膀。我终于忍不住。

“白衬衫！”

我在车里面拍玻璃。

他回头看我一眼，然后用手指抵住嘴唇，脸色很冷，示意我安静。

那些人朝我这个方向看了一眼，顿时更加兴奋。

我瞬间瑟缩了，眼睁睁在车里看着那些人对白衬衫动手动脚，样子看起来很痞，好像对他提出的妥协不满意，一定要我下车的样子。

“让那个女人下来！把钱包交出来！”

“这里是一万元，拿了滚。”

“让那个女人下来！”

……

我一边想着要怎么应对，“110”，对，拨打“110”。

……

“拿着钱……否则小心我报警。”

“你报啊！信不信我们把你……”

我隐约听到外面争吵的声音。

没过几秒，一个混混直接冲了上来，“咚”地对着车的引擎盖就是一砸。

被砸的地方瞬间就凹了一块下去，我看见白衬衫一个闪身，很灵活就躲开了他们的攻击。

我吓得尖叫了一声，一下子想起上一次这么恐惧还是几年前。

几年前，某一天，盛夏，下了大暴雨。

整个华北平原沦陷，偌大的北京城，排水系统居然落后到让整座城市的交通都瘫痪。

我和孟冬弃车步行。

路过一个巨大的水坑时，我看了一眼脚上新买的皮鞋，以及裸露在外面的肌肤。女孩子身体特殊，面对这一路黄色浑浊的污水，直接接触皮肤可能会有各种各样的感染病，我一时间站在路口不知道怎么办。

孟冬站在我身边，然后牵起我的手："走吧。"

我焦虑而真诚地对他说："孟冬，我走不了。"

"走吧，你看，前面有个女的，她已经走过去了。"

我后退一步把他手松开。

"我真的走不了，你背我，行吗？"

我没有撒娇，让他背我，这可真的是下策。

若是换作平时，哪怕是这样的下策，我都一定不会说出口。

两个人之间的体贴，若是一个人向另一个人求来的，就会变得很没意思。

可是当时我没办法，情况紧急，我们赶着要去对面公司开会。绕路已经来不及，唯一的路就是从这条污水跨过去。

那天中午，我记得很清楚他当时的表情。

他皱眉沉默着，然后温柔又体面地对我说："小京，路滑，我背着你，你会掉下来的。”

我艰涩地扯了扯嘴角。

我知道孟冬不是不想背我，身高一米八以上一直在健身的他也不可能背不动九十斤都没有的我。

我知道他只是放不下他全国五百强 CEO 的身份。

这里是 CBD，到处都是他的熟人和员工。

他不允许员工看到他们的老板，在污水里背着自己的女人像一名奴隶一样行走。

那天，最后我咬着牙走过去。

在经过转角路口的时候，我没看到被水冲走的指示牌，直接掉进了一个半人深的水坑里。

我尖叫一声，腿上划了一道 10 厘米长的伤口。

当天就去医院里打了破伤风，打针的时候，那是我第一次想和他分手。

……

回忆戛然而止，如今，我坐在车里，看着白衬衫一个人在外面和那些混混过手。

我相信警察很快就会来了，可是我的瞳孔里不仅倒映着白衬衫的身影，更倒映着当年我与孟冬相处的一幕幕。

分手一个月了。

我现在才后知后觉地感受到，原来，有的时候，他对我，竟还不如一个陌生的男人。

所幸，安保人员果然没多久就来了，白衬衫并没有受很严重的伤，反而那些混混，一个个都挂了彩。可见白衬衫身手真的不错，混混也不是什么专业的混混，估计就是几个有点问题的小流氓。

但是即便如此，一个人对付这么多人，也是很不容易的。

车门打开之后我赶紧下车。

“你没事吧？”

我看他的白衬衫确实没有武侠小说里说的那样渗出血丝来，这才终于放了一点心。

“没事。”

他答道，然后，从我脸上睃巡而过的视线停了一秒。

“怎么了？”

“啊？”

我怔愣。

“你的脸。”

“我的脸……怎么了？”

我抬手赶紧摸了一把，这才摸到一片冰冰凉凉的泪水。

不知不觉，我竟然在车里哭了自己都没发现。

“啊……我刚刚就是……太害怕了，从来没碰到过这种事儿。”

“是吗？”

白衬衫从后备厢里拿出一瓶矿泉水，在手腕上的伤口冲洗了一下。

“可是我看你刚才的反应，可不像是害怕。反而，冷静得很。”

我想应该是我刚才能那么淡定还让他挺意外的。

这个年纪的女孩子通常是胆子最小的。能在遇到这种危险都临危不惧的，只有两种人。

一种是真的见过大风大浪什么都不怕的人。

还有一种，就是虽然没经历过太多，但是已经厌倦了人生的人。

我虽然经历过一些事，但不至于什么都不怕。我怕生离死别、怕被抛弃、怕很多事。很显然，我是后者。没有经历过太多的人生，已经失去了生活的态度。

我说：“哦，是吗？可能是吓傻了吧。”我粉饰太平着，“不过你这手还能开车吗？我也不能开车了，我们今晚到不了目的地了。”

“嗯。”

我：“……”

本来还希望听到什么否定的答案。

不说话的气氛总有些尴尬，我眼看着他从后排打开自己的旅行包，手臂伸进去，变魔术般很快摸出一个小包，红色的小包上面印着一个白色的十字架。

他打开，从里面拿出一片酒精棉，用镊子夹好，在伤口上涂抹了几下，一边涂抹，一边看了看四周，仿佛在确定接下来的行程。又用水冲洗后，他撕开一片创可贴，贴在伤口上，整理好包，又坐回车里。

我看着，在心里想——这是一个极其细心的男人。

医生？

我内心困惑着，也一起跟上了车。

车子沿着国道向前开了一段，终于到了一个很小的村落。不能远行到达目的地，没有办法，今晚只能在附近露宿。

好歹我们带了帐篷，附近也有牧民的牧区。我给了他们五十元钱，他们便允许我们在牧区搭帐篷停车过一晚。

这已经是不幸中的万幸了，夜晚，我们在草坪上搭了帐篷。

帐篷只有一个，是他的。搭建好以后，我没问，也没说话，只是在草坪上踱步了几下，头顶上星耀璀璨，我转身上了车。

草原的夜，很广袤。

车里，我靠着椅背回忆今天发生的事。

我的医生要求我每天都要把当天的事记录下来，并且给这一天打一个分。今天的经历是意料之外的，不过只要没伤到人身安全，一切都在可以忍受的范围之中。

旅行就和人生一样，充满了始料不及和变幻莫测——这就是我喜欢旅行的理由。

我给今天打的分马马虎虎，五分吧。

在我的备忘录里，这已经是第 287 个五分了。

生活没什么坏的，也没什么好的，日子也就这样过。

车内的蓝牙连着手机，我在车里听着一首七十年代的日文歌，大贯妙子的《荒凉》。

前奏很特别，像是水面冒出来的泡泡。

沿着铁路延伸的海岸线上，

随波流来的浮冰，好似闪光的船筏。

清风落泪，引我来此。

从古旧列车的窗缝向外眺望，

我是第几次来邂逅这片风景了呢？

什么也不思考，

只是想要静静伫立着，

你的名字，就是春的讯息。

染上淡墨色的尽头之海，

是我舍弃的悲伤恋情。

向远方，向远方，流淌着。

……

这首歌是我和孟冬分手后不久偶然间听到的。

白天的时候想起了孟冬，注定晚上的时候我就会想他。

心里渐渐开始有一股瘾，我从背包里翻香烟，接着抽了三根。

一只手夹着猩红色的烟头从车窗里伸出来，我不知道白衬衫看见没有。青白色的烟雾在灯光下袅袅而上的线条很好看。

但这烟雾和江南水乡房屋升起的炊烟的线条是不同的，灯光下香烟的线条总是带着一种纸醉金迷的脂粉气，弥漫出颓废的格调。

为了不让烟点了整片美丽的草原，我把烟蒂一个个掐灭收集在随身带的一个小收纳盒里。

接着就是该睡觉的时候，我闭了一会儿眼睛，却没有什么睡意。

闭目养神了一个小时，仍然睡不着。

我知道，这是我的老朋友来了——失眠。

我在背包里翻找，翻了半天，也没找到想要的东西。

我这才想起来，药好像昨天喝多忘带了。

意识到这一点，我开始恐慌起来。

现在这个状态下的我，没有药，就像是一个随时都会倒下的心脏病患者。

焦虑的情绪已经开始在我脑袋里蔓延，像黑色的水藻，一定要把我拉到海洋底部最深沉的地方。紧紧缠绕着我，要将我溺死，又来了，那种情绪。一些疯狂的念头开始在我脑海里滋生——不行，不能让它们这样对我。我赶紧从车里出来走到白衬衫的帐篷前面，帐篷里面亮着一点光，仔细聆听，还可以听到手指敲击键盘的声音。此时此刻，是半夜一点钟。

谢天谢地，他还没睡。

“你没睡？”

“嗯。”

他坐在帐篷里，里面还亮着笔记本电脑的光。

“怎么了？”

“我失眠了。”我说。

“稍等。”

过了几秒，他拉开帐篷，衣着整齐地走出来。

“为什么失眠？”

“不知道，白天睡太多了吧。”

我说着，然后踩着草坪，走到他帐篷前面。

“我，可以坐坐吗？”

“坐吧。”

白衬衫从帐篷里拿出电脑，和我一起坐在帐篷门口。

我抱着膝盖，夜里的风还是有点凉的，抬头看向深沉的星空。

“这里星星好漂亮啊。”

“嗯。”

“你认识星座吗？”

“认识一些。”

“你是什么星座？”

“天蝎。”

“啊！天蝎座！是我最喜欢的星座！”

我确实最喜欢天蝎座。

大概是从小星座书看多了，看到了太多有关这个星座对于传奇性的描写。

孟冬也是天蝎座。

不行，今晚想起孟冬的次数太多了。我赶紧收回自己的思绪："天蝎座的守护星是冥王星，冥王星有一颗卫星，叫作卡戎。冥王星曾是九大行星中距离太阳最远的，它的轨道甚至不是独立的，几次被除名于九大行星之外。在那个遥远的黑暗而冰冷的空间里，有一颗卫星始终陪伴着冥王星……怎么样，很感人吧。"

我这纯粹就是在尬聊。

他一边在电脑上打字，一边偶尔停下来跟我聊天。

过了几秒，他才回复了我一声。

"嗯。"

起初我以为他在工作，后来我才发现，他原来是在走神。

他走神的样子，让我意兴阑珊。

聊着聊着，我有点困了。

"睡帐篷吧。"

"啊？"

我没想到他会主动邀请我睡帐篷。

"这……这不好吧，我还是一个人睡吧，呃……"

"在想什么？"

白衬衫手里拿着一个保温杯，眼睛笔直地盯着我。

这的确是一双天蝎座的眼睛，深邃又安静，神秘又毒辣。

“你睡帐篷，我不睡。”

“你不睡？”

我有些诧异：“你不睡可以吗？”

“有些工作还没做完。”

“那好吧。”

也是，出来旅游，只能带着笔记本在路上工作。

我倒是真的相信了，没有怀疑他说不用睡觉是真是假。帐篷当然比车里要舒服很多。舒适的睡袋，还有安全密闭的环境。我看见他收拾东西就要往车里走，我赶紧叫住他。

“欸。”

“怎么？”

“你能不能……别走？”

我这人有个毛病。

这个毛病就是睡觉必须要有人陪，一个人睡，不是胡思乱想就是疑神疑鬼，怎么睡也睡不着。

小时候奶奶陪我，后来孟冬陪我。周末他工作不忙的时候，我睡在床上，他就在客厅的沙发上。现在他们都不陪我了。烟酒药陪着我，我也能睡得很好。只是如今没有酒，也没有药。

我需要他。

“没走。”意外的是白衬衫这么说了一句，然后从车里拿出来一件外套。

他披上外套，然后在帐篷外坐了下来。

星光点点，晚风凄凉。

我躺在里面，他就坐在帐篷外面。这一晚，这是我第一次睡帐篷，却莫名睡得很好。

……

第二天，天亮，我们沿着国道从这里离开，下一站是大名鼎鼎的青海湖。藏语名为“措温布”，意为“青色的海”。

海拔在上升，大山盘旋，公路两侧是一望无际连绵的草原。公路上时不时有牛羊路过，车速限速九十，如果公路有牛羊经过，它们就是老大，它们想走多久走多久，我们只能在路上等着，谁也不能拿它们怎么样。

阳光穿过云层落在草甸上，这种风光是和内蒙古大草原随手一拍都可以产生 Windows 屏保的那种效果不同的。

在大西北，天高云淡，夏风凛冽。这里有太多的历史和神话传说，是一片布满奇趣的大地。众神、众民族在自然的夹缝中祈求生存。

车子里在放一位内地的，做世界音乐著名女歌手的歌曲。

她的歌曲，大多没有歌词和语言，唱得不是词语，而是一种情绪。即便这租借来的车粗糙的音响，所达成的音乐效果，跟我在长安街上

驾驶双座小跑的最高配置 BOSE 音响系统，所带来的感受，当然是完全比不了的。但此时此刻，我看着外面的草原、牛群、蓝蓝的天——听着这样的音乐，内心却莫名感到丰盈起来。

今天是我开车，白衬衫在后面补觉。

我抬头看了一眼后视镜里抱着双臂闭目养神的他，骤然发现，我们出来玩了将近一天，也算是同生共死过，说了也不下几十句话，我却一直不知道他叫什么。

思及此，我总觉得有些不应该。

至于为什么不应该，我却不大说得出来。

假设今天就此分别再也不见了呢?

我却不知道这个在遇到危险时，会把我关在车内；在晚上听说我失眠把帐篷让给我睡；虽然没有什么亲昵关系，但再一次让我体会到“被照顾”的帅哥……如果就此分离后，我是否会惋惜？答案当然是否定的。

我觉得这时候有必要开这个口。

“你叫什么名字？”

我一边扶着方向盘，一边问。窗外的大山在不断地后退。

“陈一憧。”

我声音不大，假如他睡着了，我相信是决计吵不醒他的。

“你居然没睡。陈一冲吗？令狐冲的冲？”

“人影憧憧的憧。”

我开着车，红唇挑起笑了笑。

“一生憧憬，不错。”

这名字够浪漫！我心里想。

“你名字也不错。”

“我？”

我有些讶然。

不过……哦对，昨天登记的时候藏族小哥问过我名字，估计他是在那个时候听到了。我笑笑：“我名字？有什么好，一个女孩子，结果真的被人叫作京城第一浪。”

“我说的不是这个。”

“嗯？”

“京琅，这个不错。”

“呃？”

我差点一个刹车冲出去。

“你怎么知道我名字的？”我回头看他。

陈一憧松开抱着双臂的手，白衬衫遗留下褶皱，他不紧不慢抚平了。

“登记名字的时候。”

我忽然想起来了。

第一天驴友见面确实登记过一个表格，不过当时情况复杂，我三秒内写完自己的名字都已经头晕目眩了，更不可能有精力去看别人叫什么。

“你丫还挺腹黑。”我由衷道。

他眉眼极淡。看我一眼，身体向后倾斜，靠住车子椅背。

“只是最基本的自我防卫罢了。”

京琅。

只有签合同还有必须要写真名的时候，我会看到这个名字——除此之外，无论是自我介绍还是别人称呼我“浪姐”的时候，我真的快要忘记这两个字了。

车子里没有人再说话。

我们一路前行，山川也为之向两边后退。

后来，车子开到一个休息区的时候，我忽然想抽烟。

反正也不是自己的车，我从手包里拿出一个金属黑色的铁匣子，这是我的烟盒，上面写着 SENATOR，“S”两边的翅膀图案像极了宾利的车标。因此这牌子的烟也就被称作了“香烟中的宾利”。我觉得这说法还有点搞笑，烟这东西，只要不是太坏，抽起来都一个样。

有人用过一种很讥讽的语气高高在上地对我说：“你一个女孩子总抽什么烟？”我不知道怎么回复。不能总是哭吧？所以就抽烟了。至于能否抽出开宾利的快感，我觉得不太行。

我一边笑着，风从窗外进来，我用手拢住风口，“啪”地点了打火机，准备坐在驾驶座上吞云吐雾一番。

就在这时，我忽然看到后视镜里陈一憧熟睡的剪影，点烟的动作停了下来。

“刺——”

一声尖锐的刹车。

我惊魂甫定，车后面陈一憧缓缓睁开双眼。

后视镜里黑影一层又一层地在他双眼的部位掠过，就像一只只飞过的暗色蝴蝶，阳光从公路的尽头而来，而带来这些掠影浮动的——是此刻大片走过的牛羊。

我捏了捏手里的香烟盒，愣是把心里的烟瘾给憋了回去。

我一只手搭在方向盘上，斜着身子，侧眼看外面成群结队经过的牛羊。

数目不小，少说也有好几百只。

车子就这么原地停了大概二十分钟，后面已经有另外一些车子陆陆续续跟着停了下来。

国道上一时间成了个小型“停车场”，而我们的车刚好是这里的第一辆。

身后有人狂按着喇叭，刺耳得让我皱了眉。也有人可能在催，我觉得他们大概是想让我一脚油门碾过去，毕竟我们在这里也停了20分钟，20分钟，够久了。

我却不想这么做。

这里是青藏高原，本来就是牛羊的天地，你，我，我们，我们的车；甚至这一条如利箭一般穿心而过的109国道，都是这个世界的入侵者。我们侵略了这里。

我实在不想承认自己是个入侵者，但事实上就是这样。可是，既然我们已经入侵，就势必意味着或多或少地破坏。我们所做的只有减少这种破坏的痕迹，不去打破这一种大自然可以自我疗愈的平衡。

“前面那车，你还走不走了？”

“不走就让开！什么人啊，真是的。”

我半开车窗，除了能听见风声，当然也能听见有人故意喊的想让我听到的话。

我干脆把车熄了火，整理物品的时候，刚巧余光瞥见陈一憧也按下

了车窗。

他皱眉，微风掠起他额头前方黑色的发丝。他修长好看的手指伸向窗外，五指张开，然后并拢，穿过指尖的清风——就像穿过爱人乌墨色的长发那么温柔。

我看到他左手拿的一本书。

周围是戈壁、草场和灰尘般的牛羊，我的视线里一种不一样的颜色一闪而逝。

我努力调整回刚才的坐姿，终于在后视镜里找到了那道颜色，然后看清楚了那是一本书。像是火烧过的教堂墙上缠绕着紫色的藤蔓，黑底紫纹的书映在后视镜上，像是一个不可名状的梦境。

他拿着书，看向千篇一律的窗外，那个画面，让我骤然想起很久很久以前这本书的来历。

它的作者驱车前往阿卡普尔科的路上看到那些一模一样的房子，他感受着人们生下来，活下去，然后死去。循环往复，没有痕迹。而后马尔克斯掉头回家，18 个月后他才再次在人们面前出现。

再次出现的时候，他手里拿着可能是二十世纪最伟大的书稿，就是后座男人手里的那本书——《百年孤独》。

“你知道圣地亚哥吗？”

“San Diego，开车距离洛杉矶两小时的一座海滨小城，靠近墨西哥。”

“对。”我点头。

上大学的时候，我去那边做过交流生。那个时候由于太想念中国的美食，整整一年的时间里，我几乎每个月都要打一次“飞的”回国。

从 San Diego 到北京没有直飞的航班，每每我都要坐 Uber 去 LAX（洛杉矶国际机场）然后再飞 13 个小时回我们伟大的首都。

我记得有一次周末我回国了，结果教授忽然说后天就有一个考试，我连夜改签修改行程回美国——这就导致我在那个周末短短 36 个小时里坐了 26 个小时的飞机，坐过长途飞机的人应该明白这种体力被透支的感觉，这其中还没有算去机场遥远的车程还有烦琐的出入境海关手续……

反正最终，我及时回到圣地亚哥了。

那天，我像个老人一样躺在床上，疲惫不堪。

直到窗外洒进来一道粉红色的阳光，那几乎是我这一生当中看到过最美的景色，我确信，我再也看不到那样美丽的阳光，哪怕在这戈壁滩上也不行。

“你见过粉色的阳光吗？”

车程无聊，我有一句没一句地跟他闲聊，也不怕他嫌弃我烦。

“见是肯定见过的，只不过我不喜欢粉色，因此没什么特别的印象。”

我把手机从导航的界面里退出来打开微信朋友圈，那是一条已经被我隐藏了的朋友圈：“你看看这个。”

很多年后我应该也会记住今天。

在经历了一段漫长的跋涉之后，像一个老人般安心地躺在这张伴随我一百多天的床上。

失眠的黎明太多，多到今天我已经失去了对日出的热情。

КУРЕНИЕ
УБИВАЕТ

直到某个时刻，一层像金粉一样的粉红色铺了进来，把整个房间笼罩出那种会叫“Puppy Love”这种名字的化妆品一样的光晕。

窗外是龙舌兰日出一样的天空，很美。像那天我拎着无数购物袋满心欢喜的归途——路上那鱼鳞般的火烧云。

像疯狂奔跑追逐的长滩的落日，美酒般的洛杉矶夏夜。

像梦里勾勒的场景，像儿时水果味的棉花糖。

像眼影盘，像寿百年粉红色的女烟。

像仙境，也像迷幻剂美丽的包装。

有那么一瞬，这种感觉像是看到了希望。短暂而易逝，华丽而难忘。

孟冬是我回国后不久的第一家，也是最后一家实习公司的 CEO，那天，他负责面试我，这位年少有为的总裁坐在我的对面，我们无意间加了彼此的微信，他也就是在这个时候看到了我朋友圈的内容。

他说，他很难想象是一个什么样的女孩能在 20 岁时写出这么瑰丽的文字，他猜测我的内心一定是活泼而缤纷的，能够解救他于生命的灰色。

可是，直到分手我也没敢告诉他——我从来不是什么积极向上的人，和他在一起那些快乐活泼的样子，一直是我伪装的。

“这是你写的吗？”

“嗯啊。”

“忽然之间很想去那个地方了。”陈一憧把手机还给我。

“嗯？”我耐心地等着牛羊过马路。

“很美，”他道，然后补充，“当然，你的文字更美。”

我笑笑：“你也觉得我是个很会发现美的人吗？”

“你当然是很会发现美的人，只不过，有的时候你可能不知道怎么消化它罢了。”

“而且你这段话应该不是在描写你有多开心吧，”他漫不经心地翻着书，“倒像是精疲力竭后看到希望昙花一现的平和。”

陈一憧的话，让我沉默了下来。

不知如何消化美，确实是困扰了我成长十多年以来的问题。因为不能消化，所以不能排解，所以压抑。

至于精疲力竭后看到希望昙花一现——

他猜的也没有错。

那年，我打“飞的”回国后，在首都国际机场，遇到了我二十多年几乎算得上素未谋面的父母。

我从小被奶奶带走抚养，很少真正接触我的父母。奶奶对我很好，不仅给我物质上极大的富足，也在精神上给予我无与伦比的充实。我是一个被上帝偏爱的孩子，却不是一个被父母疼爱的女儿。

印象里第一次见他们，是我五岁的时候，一辆车子从我耳边呼啸而过。几乎要夺取我的生命。

而开车的人，正是他们。

第二次，就是这次我在首都机场 T3 航站楼遇到他们。我忙着改签回洛杉矶国际机场，候机厅的地下停车场，隔着匆忙的人群还有车流，我看着他们一家三口推着行李箱去塞班岛旅行。

那年我已经成年，在他们三个人面前深切理解了什么叫“相形见绌”。

相形见绌，我从未在别的方面有过这样的感受，无论是金钱还是外表甚至学习成绩，那些东西永远都像挥之不去的光环一样笼罩在我的头顶，从来不会给我机会让我感受到自卑。

但是在原生家庭方面，我确实是自卑的。

这世上，有些感情是可以狭路相逢的，比如爱情。但是有些感情，从出生开始没有，那就是没有了，比如亲情。

回到洛杉矶后，我精疲力竭。

那时的我，像是一条丧家之犬，你说我仿佛什么都不在乎吧，可是我又是满心的在乎。

就这样持续失眠了30个小时，漫漫长夜后那么美的黎明，就像是神祇降临在这个国度给我的一种宽慰。即便这种美丽只持续了五分钟就消失不见，却让所有的坏心情一扫而空——

但是，你说我能不颓丧吗？

我不能。

我还是很颓丧。

一直那么的丧。

……

“我下去看看。”

回忆戛然而止，我笑着推开车门。

不断行走的牛羊已经严重影响到我们的行程。若是今晚再不能抵达青海湖，我们这一趟的旅程就会变得大打折扣。

国道上一只公牛趴在地上，看样子是赖在这里不愿意走。

我京琅这辈子最烦别的人跟我硬碰硬，都说牛脾气上来不好对付，而我从小就是这么一个不好对付的人。当即我便没想那么多，甚至还戴着墨镜儿，抬脚就朝那牛屁股狠狠踹了一脚——

“哞——”

那牛一声哀号，紧接着尖锐的牛角就朝我这个方向顶了过来。

我忘了牛也是一种有攻击性的动物，当看到它冲过来的那两个牛角时，我瞬间觉得自己要命丧于此。

就在这个时候，腰部一股力量攫住我，刹那间天旋地转，惊呼一声，感觉一只有力的手臂抱住了我。

就这样，感觉两眼一黑，嘴唇上碰到一个柔软的东西。

等我再睁眼，看见陈一憧那双沉静如水的眼睛，很深，睫毛在轻微地颤动。

“唔。”

下一秒，我们推开彼此。

那只牛跑到了一边的草坪上，随着它的离开，这里的牛羊基本上也都已经成功过了马路。

国道上只剩下我们两个人。还有一堆按喇叭的车。

可是我们之间，只有尴尬。

“那个……”尴尬一度发酵，我擦了擦嘴巴，干笑，“你那个……亲起来，还不错。”我抬手点了点他。

他原本还算正常的脸色瞬间黑了下来。

我不知道自己这是不是算开了一个不好的玩笑。自己知道自己这个毛病，只要一紧张，就会乱说话。

于是我又道：“你不会是初吻吧？”

我看他的表情，心中大道不妙，貌似真的是初吻。

“你……”

我生怕他不让我再蹭车，一脸惊恐，马上又收回，一脸正经地说：“不要紧，男人初吻不值钱的。你不要在意，哦？”

“开、车。”他一字一顿地警告我。

“得了。”

我乖乖地赶紧上车，重新启动发动机。

……

我一直不明白陈一憧当时为什么反应那么激烈。

虽然他的样子看起来很平静，但是我知道，越是这样平静的外表下，越是一种激烈。

在未来的某一天，我们相拥在一起精疲力竭时。我长发如墨，穿着红色的吊带睡裙，事后我点烟看着他沉静俊美的侧颜，一条短信发进他的手机。

我没有检查男人手机的习惯，生活就是这样，只要你不趁老公洗澡的时候偷看他的手机，你就会终生幸福；只要你不要对人性抱有希望，你就永远不会失望——我一直都是这样想的。一切因为你的好奇去猎取的不属于你的信息而引起的不适，全都是你咎由自取。

然而，很久以后那个点烟的空当，烟雾袅袅升起来的瞬间，当我看到他手机桌面那一袭站在牦牛中间的华丽的红裙，我抽烟的动作停了下来。

我眸光有一瞬间的凝滞，燃烧的香烟差点烫伤了我的指尖。

那条裙子，正是我今天穿的这条裙子。

那张照片，正是他第一次吻到我，刻意拍摄我在牛群中衣裙漫飞样子的照片。

我，就是他手机的桌面。

他之所以反应那么的激烈——

是因为，他在那个时候，就已经喜欢上了我。

我应该明白的。

陈一憧就是那样纯粹的一个人。

他会因为看你的第一眼、你说的一句话、你写的一段文字，就认真而热烈地爱上你。他不是一个滥情的人，但绝对是一个痴情的人，很多自诩痴情的人都忠于爱情，但他不同。

他不仅忠于爱情，也忠于爱人。他的感情就像冰，只有到达熔点冰才会融化。融化以后，就是清澈纯净的水流。安安静静包围着你，没有杂质，不受控制。

而我，几乎到快要来不及的时候，才渐渐明白这一点。

可是人生从来不会等你慢慢地明白。

当你明白的时候，往往已经失去。

……

我们在冷战。

也许是因为我那句“男人的初吻都不值钱”，以至于让我可以感受到他身上的低气压。

我一边抽烟一边强打着精神，最后终于把车子开到了青海湖。

有人把青海湖比作大海退却时遗落的一滴伤心泪。就因为这一句话，我把这里当作这些年最想抵达朝圣的地方之一。我想看看，这滴伤心的泪水到底是长什么样子，它是会让人看到以后更伤心，还是忘记一切忧伤。

孟冬曾经总是对我说：“等我有空就陪你一起去”“等等”“再等等……”终于，我等不了了，等来了我们的分手——一个人的旅行。

我什么也没等到，可能这就是等待的意义。

“你在想什么？”

我把车子停在青海湖前的石滩上，两侧是那种文艺女青年最喜欢的金黄色油菜花海。很多小年轻在拍照嬉闹，我一边抽烟一边看着他们，音响里放着一首摇滚。

“前男友。”

——我心里的两个我在彼此对话着。

陈一憧已经下车了。

一个人的世界开始变得吵闹起来。

我闭了闭眼睛，脑子里出现的回忆却是白天里我那无心调侃他的话语。就像再一次蔓延疯长的黑色水藻，缠绕住我让我不能呼吸，陷入这样的强迫思维当中。

我也不知道从什么时候开始，自己变成了这样一个人。

陈一憧戴着墨镜骑在马背上。也许是我的视线过于明显，他也朝我这里走过来。他骑着一匹乌黑油亮高大的骏马。墨镜上黑色的发丝在风中飞扬，稍微拔高了音调，音色还是同样的低沉。

“不去跑一圈？”

我踩灭烟，“好的。”我向来不太擅长拒绝别人的示好，吐出一口烟圈，付给牧民 180 元，他带我上马。

虽然我也会一点马术，但是那局限在跑马场和自己熟悉的马匹之间。说实话心里还是有点害怕，不敢像陈一憧一样一个人在高原骑马驰骋。

我把手机朝他丢过去：“帮我拍照。”

“OK。”

简短的交流。

我伸手绕到后面把头发绑起来，双手握紧缰绳，很快，强烈的震感就从奔跑的马匹传到了我的身上。我没忍住尖叫了一声，颠簸中，鼻子上的墨镜仿佛随时都会掉下去。

有人说我的声音很好听，尖叫起来尤其有穿透力。牧马人带我跑了一圈又一圈，高原烈日刺眼，在这样的海边烈日下策马奔腾。

等我下马的时候，双腿都有点发软，但我却有一种浑身都得到释放的感觉。

陈一憧在远处，可以听到我和牧民的说笑。

这时的他已经下马，看到我下马后，他走过来，伸手把手机交给我。

我理了一丝头发，问他："丑吗？"

"自己看吧。"

我抿唇，手机里有很多照片，几乎全都是我穿着大红色裙子在马背上起舞的模样。

他的摄影技术远远超出了我的想象。红色的衣裙在风中猎猎起舞，那弧度充满了挣扎感和矛盾感，像极了人世间被挤压的自由与奔放，因为被挤压，所以显得张牙舞爪的。就像走在马路上那些个性张扬满脸青春痘的初中生。

也就是在这个时候，阳光像普度众生的神一样倾洒在画面上，像圣母的光辉俯视着众人，冷静又疏离，慈悲中带着目空一切的高贵。

我一张张把照片划过去，各个角度，都是我想要看到的自己的样子。

一个人，只有懂得欣赏另一个人，才可以把她拍得很美——我一直相信着这一点。

看着这些照片，我的心头柔软如有细沙落下。

"你是摄影师？"我用肯定的语气说出这个疑问句。

"众多身份之一。"

“拍得真好。”

我由衷赞叹道，然后把手机对着太阳，比了一个剪刀手的姿势。

“以后再也不自拍了，都叫你拍给我，嗯？”

陈一憧道：“你说的以后，是指？”

“呃……”我干笑，“我是指旅途中，旅途中。”

“哦。”

我一句话落下，气氛又有点转冷。

这种气氛起伏的原因，其实在我心中已经勾勒出了粗略的影像。

我能感受到一个人情感的转变，若这都感受不到，我京琅也不用做什么京城浪神了。红尘中辗转过的女子大抵都有分辨一场纯真爱情的能力，但是这种爱意发生在陈一憧身上，却让我是那么地不确信。

我们认识没有几天，他也从来没有对我表示过什么——哪怕是眼睛这种难以伪装的东西，他都平静得像一汪湖水，看不到任何欲望。

你知道的。

一个人身上若是看不到欲望，那么这个人就很难暴露出他的缺点。但他已经在我面前暴露出两次了——当我吻他还有刻意说“仅限旅途”中的时候，他露出了类似于“不高兴”的神情，但是我不确定，这是他在维护自己骄矜的自尊还是在不满我的答复，总之，关于他究竟喜不喜欢我这一点，我觉得还是有待观察。

旅途上没有那么多人，环境很纯粹。观察陈一憧似乎成了我唯一的社交目的。不过这倒也无妨，当生命陷入颓唐，如果出现一个人能让你尚且存有一丝期待与好奇，那么距你脱离那悲伤也就不远了。

今晚住宿的地方是那科加——青海湖边黑马河乡以北两公里的一块近水的区域。但是在那之前我们要解决晚饭，这附近没有什么吃的，最繁华的就是小村黑马河乡。

据说，这里的日出很美，晚上还有篝火晚会。

我换了一身衣服，开了一天车，抽了一天烟，我的红裙已经有些烟味。尽管我是个抽烟的女人，但我却不希望自己是个身上有烟味的女人。

夜晚，我把头发编成两条辫子，穿着一身黑底橙色太阳花的长裙，从车子里面走出来。

陈一憧仿佛站在车外对着一处写生。

扭头看到我，他露出诧异的目光。

“怎么了？”我问他。

“衣服，你在车里换的？”

“嗯啊。”

我带着一种刻意调戏他的恶趣味说道。

车子玻璃窗都是透明的，他一定不能想象我就这么在他身后一丝不挂。

他没说话，却一挑眉。

那个神情十分值得玩味，痞气中又带有一点佩服，然后他转过头去，继续描摹他的风景画。

我慵懒地伸了个懒腰。

“吃什么？”

“你想吃什么？”

“我不知道。”

一路上两个人的气氛太冷，真不知道还能跟这个人再吃下去什么东西。我没有什么好胃口，自然也不想吃这里的一些大鱼大肉。

“农家菜、藏族菜、小吃，还是奶茶汉堡？”他给了我几个选择。

我眼睛一下子亮起来：“这里有奶茶汉堡？”

“嗯，刚才看到了。可能是唯一的一家。”

“牛啊。”

我简直惊了。

在这个最高水准酒店比不上如家的地方，竟然能开出一家奶茶店来，我觉得这个店主一定很有想法，很想跟他聊聊。最主要是，奶茶炸鸡这种东西比较简单，不占肚子。我开了一天车，很累，不想再花费精力吃什么东西，只想随便解决回去睡觉。

坐下来的时候，我跟陈一憧分别点了自己要吃的东西。

没过多久，门口走进一个男人来。

起初，我没有注意到他，但是直到他拿着酒瓶在我对面坐下，我才意识到，这个人是冲我来的。

虽然这里是高原，但是我明白，这种情况，跟我在工体的时候隔壁卡座的人拿着几瓶黑桃过来的性质差不多。搭讪嘛，总要有酒才会显得更有诚意。我没有看他一眼，他却对我开口。

“小姐，请问能有幸跟你们喝一杯吗？”

我笑笑，然后舔了舔手指上遗留的炸鸡碎渣，指指他搬过来的一箱子啤酒。

“你确定，是‘一杯’吗？”

那人哈哈大笑。

谈吐举止，都不像这里的本地人。

我感受到身边陈一憧身上散发出来强烈的警惕，我按了按他的手，示意无妨。

“怎么，为什么想跟我们喝酒？”我问。

那人的笑顿时变得有些腼腆。

“在玻璃窗外，觉得你很漂亮，没忍住，就去对面买了一箱。”

“唔，我看起来这么能喝吗？”我纯真地问。

“哪怕我一人饮尽也乐意。”

我们两个你一句我一句，也许是在这个氛围中，陈一憧紧绷的警惕心稍微放松了下来。我看他一眼，一直关注着他的状态，好像也没有什么不妥。

我收回视线，然后问对面肤色黝黑的男人。

“你为什么来这里？”

“一年前，我老婆旅游，山路失事，死在了这里。”

这可真是个悲伤的故事，我这样想。

可是，还没有结束，很快，他接着说道。

“今年，我儿子大学毕业旅行想要追随母亲当年的踪迹，不幸，碰到地震，也在这里遇难了。”

我扯唇：“你一定恨透了这里。”

“不，你一定很爱这里。”

就在这个时候，一直一言不发的陈一憧开口。

我看他一眼，然后若有所思地眯起眼睛。

“没错，我爱惨了这里。”那男人如是道，然后，似乎在对着自己自言自语，“最爱的人都在这里，我怎么可能不爱这里？”

我拿着杯子的手停了停。

生离死别，到了我这个年纪，已经不是多么少见的事情。因为就哪怕是我，也刚刚失去最爱的人。

我想过要不干脆死在这青海湖，这样我就再也不用回去面对那狗血大烂剧一般的人生，可是如果我死在这里，会有人因为我埋身于此而爱上这里吗？

孟冬会吗？

恐怕他只会跟他新的某个人一起共饮一杯，再在夜深人静的时候，独自坐在北京最靠窗的位置朝西北方的天空眺望一眼吧。

每个人只能死一次，想到这里，我总觉得若是自己按照原计划来，实在是死得不够力度。

我还不能死。

……

我只记得那晚，我们三个喝了一杯又一杯。

我真真假假说了一些自己的故事，这种时候，百分之百地拿出来，那自己可就太傻了，但那个男人却跟我不一样。从他如何认识他的妻子，再到他的妻子过世、儿子过世，公司被人出卖，从一个称得上成功的商人如何变成一个倾家荡产的流浪汉，然后他如何变卖了所有家产，变得一无所有，只剩一辆越野车，再怎么游历了大半个中国，最后追随他家人的脚步现在来到这里……他交代得清清楚楚，明明白白。说到后来，他又哭又笑，说不出的悲酸。

只可惜，悲伤也只是一个人的狂欢，实在引不起我的什么共情力。

能怎么办呢？大家都已经活得够累了，我能做的也顶多就是跟他碰碰杯。

“所以，你呢？”

终于，轮到了陈一憧。

我拿着酒瓶，两瓶啤酒下去，已经有点感觉了，我烟视媚行地看着他。

“我？”

“你。”

“你想知道我什么？”

“你爱的人。”

爱是个很广泛的词。

不只是男女之间的小情小爱，亲情、友情、爱情，哪怕对世间的博爱之情，都是爱。

爱就是一个人的弱点，也是一个人的欲望所在。

你了解了他的爱，你就会了解他的人。

我以为自己终于有一个机会可以看到他到底是什么样的人了，可没想到的是，他只是淡淡一笑，喝了一口酒，仿佛谈论天气那么平常。

“我爱的人，再也不会回来了。”

灯光照射在他高耸的鼻梁上，留下一弧明媚的阴影。

我们桌上沉默了三秒。也许，只有男人才懂男人的这种暗语，我还没有反应过来，那个肤色黝黑的男人已经举起酒瓶。

“兄弟，喝酒。”

……

我们都喝了酒，已经无法开车。

最后，我与陈一憧步行两公里回那科加。

今夜，我们住在牧民的帐篷里，条件当然会比昨夜好一些，毕竟是专门用来招待客人的帐篷，接待来自五湖四海的游客入住，这也是他们收入的主要来源。

蹲在水边，用手探了探青海湖的水，很凉，沁凉的水从指尖蔓延到我的神经末梢，酒顿时醒了一半。

就在这时，放在我背包里的手机忽然响了起来。

我看了一眼号码，陈一憧就站在我身后的不远处，两只手插着兜，眺望着远方。

我甩了甩手上的水。

站起来，然后从包里拿出手机。

“喂。”

“京琅。”

电话里，环境音像是很嘈杂的音乐。

大概是 KTV 或者是酒吧一类的地方，他的声音听上去已经很醉了，可是叫我名字的时候，永远还是那样的音节，首字下压，尾音上翘，朗朗上口像玉石撞击一样清脆干净的声音，简简单单的两个音节，京——琅。

“什么事？”

“我听说，你在青海湖。”

“嗯。”

他沉默了几秒，然后吐出四个字。

“照片很美。”

“嗯。”

我确实发了照片——在朋友圈。我和孟冬和平分手，目前还没有删除彼此的微信号。我没有屏蔽他，他当然可以看到我的朋友圈。

那是一个十五秒的短视频，我骑在马上欢笑，尖叫。身后隐隐约约有一个男人从后面抱住我，即便那个男人只是一个牧马人，但是隐隐却看不清身形，倒像是一对情侣一起策马奔腾的样子。我想，也许这就是今晚他为什么会喝醉的原因。

“和你一起同行的人，联系方式给我一个。”

“孟冬。”这一次，我叫他的名字。

他沉默两秒，然后开口。

“我只是担心你。”

我提醒他：“我们已经分手了。”

“我知道。”

“所以别再互相打扰。”

说完，我挂了电话。

不等那头他欲言又止仿佛还要表达什么，挂了电话，我以为自己会心痛，但是，我没有。晚风在耳边飕飕地吹，我看着天空上亮得过分的星星，在北京我已经好多年没有看到过这样的星星了，若不是刚才那个电话，还真有点良辰美景的意味。此时电话挂断，我却只有一种如释重负的感觉。

我的酒醒得差不多了，转过头，看到陈一憧深邃的眼神，正毫不避讳地看着我。

“就是他？”

刚才喝酒的时候，我说了我和孟冬的事。

他是我实习第一家公司的上司，是我步入这个社会的领路人。

我们之间，亦师，亦友，亦爱人。他会穿着意大利高级定制的皮鞋牵着我的手在校园里漫步，也会在我夜店喝得烂醉如泥的时候推掉国际视频会议亲自开车来三里屯接我，给我卸妆换衣服，送我回家。

只是后来，他太忙，忙到没有时间关心我，更没有时间重视我这个双向情感障碍患者的病情。

就这样，我们散尽了因缘，走到了尽头。

“嗯。”我回答。

“他跟你说什么？”

“他让我把你的联系方式给他，信吗？”我笑得有些妖娆。

月光下，陈一憧精致又写满克制的脸庞在我眼里越发变得可爱起来。我提起裙摆走过去，离他很近。他皱皱眉，后退一步，我却再上前一步，一双黑白分明的眼睛一动不动地瞧着他。

“那你给了吗？”

“你又不是我男朋友，给他干什么？”

陈一憧的脸上没有表情。

“早点休息吧。”

说完，他转身单手插在兜里回到了他的帐篷。

我却看到我的帐篷门口不知道什么时候多了一袋子的柠檬，我不知道他从哪里买来的柠檬，旁边还有一壶已经烧开的水。

他在担心我喝了酒会不舒服。

我笑了笑，拿起一个柠檬，放在嘴里咬了一口。

酸涩的味道瞬间在味蕾里爆炸开来，我相信再活泼开朗的人都有生命中沉痛婉转不可说的孤独时分。比如，每次喝完酒我一个人打车从三里屯穿越长安街回家的时候，我一个人打开灯躺在床上看着天花板时——我总是觉得特别孤独。

孤独得能够听见一颗药落进水杯里的那种回声。但是久而久之，我也习惯了。

习惯孤独的人，总是特别容易被一件小事感动。

我看着这满袋子的柠檬，没来由地笑了笑。

……

也许是喝了酒的缘故，这一晚，我没有失眠。大概是睡了三四个小时，我醒过来，整个人都十分精神。我看了一眼时间，已经是凌晨四点钟，按照计划，我们已经要出发去茶卡盐湖看日出了。这也是我们自驾游旅行团给的我们特殊的权益——可以提早进入景区摄影日出。

我索性不睡了，这一个小时都非常清醒。我认认真真地坐在镜子前面化妆，从一点一点上粉底液遮住自己满脸的憔悴再到用浓黑色的眉笔在眉毛上勾勒出线条，再用三种颜色混合的粉末把它们填充。

最后，用唇刷一点一点蘸取唇盘上正红色的膏体，像画油画一样点涂在自己的嘴巴上——我一直觉得女人化妆是一种取悦自己的享受。等我给自己上妆完毕，我也感受到了困倦。欧玛尔·海亚姆曾经在《鲁拜集》里面写道：“睡眠像一朵玫瑰。”我们都需要香甜、昏暗、年轻的睡眠。而我却只能像杜拉斯的《情人》里面一般感叹——我已经老了。我早就没有了能够让我好好放松一回的睡眠，即便，我今年才 23 岁。

太阳还未升起，我们在黑夜中驱车离开黑马河乡那科加，启程去往茶卡盐湖。

茶卡盐湖距这里 70 公里，预计一个半小时。陈一憧开车，我们都希望能够见到盐湖上玫瑰一样的日出。

车上，我隐隐约约做了个梦。

梦里，是白色的医院走廊还有刺鼻的消毒水味。我在光滑白色的地面上双脚被禁锢住不断挣扎。我的医生一直重复对我说："京琅，你冷静一点。"我丝毫不能冷静，我崩溃，尖叫，号啕大哭，那是我刚得知我奶奶不幸去世的时候，医生将一管长长的药剂推注进我的血管里，终于我慢慢失去意识，平静下来，被人抬到了床上。

醒来时，床边是我最好的朋友。

她看着我，首先叹了一口气，然后给我倒了一杯水，道："孟冬来过，然后又走了。他说你不想看到他。"

我冷笑："他挺有自知之明。"

"小京。"

她看着我，对我说："我知道这对你来说很难。但是有些话，我一直想对你说。"

"奶奶的事情，我也很替你难过，但是如果你挺过去，你会研究生毕业，会跟想见但一直没有机会见到的朋友见面。"

“也许你会遇到一个真心对你好的人，他能带你走出来。你会有机会，再一次看到粉色的四处。或者，看到更好看的日落。”

“曾经想要的，就这么来了。然而决定你能不能得到这些的，就是你一念之间。京琅，是你自己掌握着决定，要还是不要？”

我当时完全被魇住了，没有心力和余力去思索她说这番话背后的力量感。虽然我现在还没从失去中慢慢走出来，但是就是今天——没错，就是今天，我在达布逊淖尔真的看到了日出。这个被国家旅游地理杂志评为“人一生必去的55个地方”之一的盐湖，它得名于像“天空之镜”一样澄澈的湖水。而我却有幸看到它的另一面——它淡粉色的天，淡粉色的水。仿佛天空本来就应该是这种颜色的，只是被一层蓝色的薄膜给包裹住，撕裂开来就是这样的色彩。世间都被这种最温暖的光芒包围着，就像那天，我在圣地亚哥，如一个垂死之人般躺在粉色的阳光当中昏昏睡去。

陈一憧的车停下来。

此时的盐湖只有零星几个狂热的摄影爱好者，我打量了一圈四周，然后看到不远处一个新娘穿着美丽的白纱站在一片像雪地一样的白云中，她的婚纱也被映衬成天空和湖水的颜色，婚纱最底部的裙裾被冰冷的盐湖水一点点濡湿。

拍婚纱照还真辛苦。

我在心里这样想，但陈一憧看着他们的眼神却很是专注。我看他一眼，然后问。

“你在想什么？”我问。

“在想要不要过去看。”

“人家结婚，你也想看？”

“不是说女人都喜欢看浪漫的婚纱吗？我只是在想你会不会想看。”

我从后座沙拉啦啦翻腾出一个东西。然后“咻——”丢了一个柠檬过去，“吃个柠檬再去。”

我还是挺喜欢凑热闹的，这跟我有社交恐惧症无关。

我从车上下来的时候，那对新人正在拍摄的休息阶段。看到我们，一开始还有些腼腆。我笑着朝新娘走去，递给她几个柠檬。

“新婚快乐，这里气候干，昨天我买多了，刚好你们要拍照，今晚拿回去敷面膜吧。”

“谢谢，谢谢。”

然后我们就聊了起来，陈一憧因为要关门锁车所以来得比我慢了几步。新郎官看到陈一憧，指指我们说：“你们也是夫妻吗？”

“呃……”我刚想说些什么。就听到身后一个偏冷的声音：“旅友。”

我顿时有点不爽。

我咧开嘴一笑，伸手搭住身后男人的肩膀，不以为意地道：“是啊，孩子都生了好几个。”

“扑哧。”

新娘没忍住腼腆地笑出来。

陈一憧的脸瞬间一片昏昏沉沉，我看到他这个样子，简直要爱死了，一种报复的爽感油然而生，甚至更明目张胆，直接捏紧了他的手。

我感觉到他抗拒了一下，但是没有把我甩开。

也许是出于礼貌，也许是出于温柔。不过这不重要，我只是喜欢看他这个样子。

“今天盐湖真美。”新郎感叹道。

“我们是在大学里认识的，当时跟着学校的地理社团一起来这里穷游做考察。那时候她肚子痛，我就背着她走了一路。回去之后她就开始对我有点意思，那时候我傻，还没开窍，心里只有地质学的那些东西。她就每天跑到我的宿舍楼下大喊我名字告白……喊了一个月，我们就在一起了。”

“在一起以后我对她特别特别好，就像对公主一样捧着。大学毕业后，我们研究生异地了三年，研究生毕业以后我们就结婚了，这是我们恋爱的第七年了。”那个男人说着，然后看看天空上密集的云，“看样子今天不是大晴天了……但希望我们都能白头到老，恩爱永远。”

新娘脸上一片红晕，牵着新郎的手，比朝霞鲜艳。

“祝你们新婚快乐，白头到老。”我衷心地祝福着。

很简单的故事，简单到让人羡慕。

简单的人总是那么容易幸福，只要走好当下每一步，走着走着，就能走到未来、永远。

反而不断担惊受怕着，怕未来会遇到变故的那群人，反而最容易被未来所抛弃，被丢进时光的夹缝里。

这是我的心理医生告诉我的。我也渐渐这样进行自我暗示着。

可你相信宿命吗?

从茶卡盐湖出来，我和陈一憧都陷入了沉默，也许都在想自己的那点心事。直到忽然发现自己空空如也的手臂，我的心狠狠一沉，然后从这样的沉默中回过神来。

“陈一憧。”

“怎么了？”

“我的手链丢了。”

……

我们一路开车回到了黑马河乡那科加——昨晚住过的帐篷。

我记得清清楚楚，因为那条链子比较特殊，所以晚上我摘了下来放在床头。今早因为睡眠不足起得太早，匆匆上路，所以不留神给忘了。

可当我们回到那科加的帐篷时，帐篷的女主人却畏畏缩缩地拼命摇头称自己没有看到。我有些着急，那是奶奶给我的东西，奶奶给我的东西一样也不能少。我想也不想从背包里拿出来一叠现金摆在她面前。

“这些，够不够？”

女主人目光复杂地看了我一眼，然后，还是摇了摇头。

“你确定你没看到？”

“我、我早上收拾的时候，真的没有看到有手链。”

我忽然之间有些头晕目眩。

那些碎片一样的画面又回来了。

呼吸一下子变得困难起来，我赶紧走到外面，从口袋里掏出打火机还有香烟，但是手太抖风也太大，“欻”打了好几次打火机，香烟都没有点燃。

就在这时，陈一憧面沉如水。“咔嗒”，从手腕上摘下来一个东西。

“手表，换她的手链。”

听到这句话，我点烟的动作停下来。

……

车上。

我手臂上一长串夸张的手链已经被我全部收起来放在包里。今天的事让我长记性——失去理性，没有章法的思念，只会给我的生活带来困扰。但我总是忘不了陈一憧摘掉手表时的那个表情，虽然很平静，但我总觉得这样平静的背后其实别有玄机。

“欸。”

我一边开车，一边开口。

“那个手表，对你来说有什么特殊意义吗？”

“没有。”

“你亲人送的？”

“不是。”

“哦。”

我这才放心一些。平生最讨厌欠别人的，我其实蛮想说一句：“你那手表多少钱，我还你？”可是一起旅行了这么多天，今天我却不太说得出口。

重新送他一块表吗？

那样又太暧昧。

“以后有机会去北京的话，找我请你吃饭吧，这是我的手机号。”

说完，我把我的手机给他丢过去，屏幕上是我在备忘录里写的自己的手机号。

我不知道他记没记，我们一路向西，车子里现在是我的歌单，国道上畅通无阻，我的心情一派明媚。

你见过车子在疾速状态下行驶的时候车轮的样子吗？

那种在疾速运动中所呈现的动态模糊，让你看不清车轮内部根根分明的支架。

那种感觉，就像泪水填充眼眶的时分，让你看不清这个世界原本最简单的样子。

我的车速一点点提到了 180，G109 的限速是 90 公里每小时。

草原太辽阔了。

辽阔到让你几乎感受不到自己正在前行，感受不到自己的速度。

有那么一刻，我想到过死。

直至身后那个人的存在，他提醒着我，我还不能做这件自己一直以来最想做的事。

陈一憧闭着眼睛，鸦翅一样的睫毛漂亮地低垂着，在眼眶下方投放出一片不大不小的阴影。

他的嘴唇抿得很紧，棱角分明，整个人看上去很安静。

我知道他肯定没有睡着。可是，他却没有提醒我降速——那么苛刻自律的一个人。此时此刻，任凭我以超过法律规定一倍的车速在这条生命之路上飞驰。

一起去死吧——

车速到了二百。

音响里还在唱：“The years I find separate us / I think of you now and then / Will not let the memories fade to dust / Baby remember when……”

这段时间，我开着Ftype在二环和六环之间无数个清晨或者深夜，音响里这首歌的女声陪我寂寥，陪我躁狂，陪我郁郁寡欢，陪我假装振作。

那时候，我代入我自己，幻想着我也有歌里这样一个值得深深缅怀的人。

我幻想着我和他很久很久以后分离，我的心也会这样分崩离析。

我幻想，这个人离去后，就算留下的回忆都是温柔的，能让我在哭过、死过之后回想起来，还能露出幸福的微笑。

我幻想，这个人就是孟冬。

直到我们分开，到现在，我才明白，我是时候该放下他了。

我有更值得喜爱的人。

一个可以陪我旅游，坐在一起都会觉得自在的人。

Chapter 2

绍兴，念念不忘

我想告诉你，我已经在一点点地改变了，
直到改变所有。

不幸的是，旅行就这样结束了。

我爱上了一个不知来自何处，不知身世背景，不知过去将来的路过之人，我不知道他喜不喜欢我，甚至不知道我喜不喜欢他。我只知道我不排斥与他接触，并且希望这场旅行能够一直持续下去——就这样持续下去，没有终点，因为我，厌恶分别。

可是，我知道，不可能。

我要回北京，完成我的论文，再每年都去祭拜我的亲人，去过我那坟墓一般灰色的日子。

这才是我真正的人生。

在旅途中最后抽一根烟，从茶卡盐湖离开，我们从西宁坐动车回兰州。

动车一路上需要 2 小时 17 分钟，不远，刚刚好。也就是在江浙沪包邮地区上海到杭州的距离。

高铁上我们是邻座，两个人隔着一个亲近而不亲密的距离。我看到陈一憧的手里换了一本书，深蓝色大海一样的封面里徜徉着一条美人鱼——我看了一眼名字，冯内古特的一本《泰坦的女妖》，一本有趣的科幻小说。

我记得上大学的时候这本书最先吸引我的是关于它的推荐语，当时是怎么说来着？大概意思就是如果道格拉斯 · 亚当斯的孤独是银河系级别的，那么冯内古特的孤独就是宇宙级别的。

有人说看冯内古特的作品，会被一种难以言喻的忧伤笼罩心头。我没有看过这本书，但是通过陈一憧手中这本有着明显被反复翻阅痕迹的书来看，他相当喜欢这本书，一个人喜欢看什么类型的书，就奠定了这个人是什么样的基调——显而易见，眼前的这个男人有相当好的阅读品位，与此同时，他也是个刻骨孤独的人。

我开始渐渐否决一开始对他是医生这个职业的猜测。走到这一步，我反倒觉得他更像某个高校里的教授。但若是教授，这样的年纪未免又太过于年轻。我摇了摇头，不知道。反正耳机里单曲循环的还是那首昨天我在车上听的歌。歌词每一句都契合着我现在的心。

我见过你已经有几年了，
我想知道你现在正在做什么。
我的脑袋还在太空中，
它永远不会冷静。

我想告诉你，我已经在一点点地改变了，
直到改变所有。
我们总是像个反叛的孩子，
不知你是否记得。

我们骑马穿过黑夜，月亮总是与我们同行。
曾经有一段时间，

像天上的星星一样，越过所有的轨道。

曾经有一段时间，你还记得所有的承诺吗?

那时我们所拥有的一切，你能告诉我它们还在吗?

我把这首歌听了整整两个多小时，随着动车缓缓经停，我也摘下了耳朵上的耳机。

我的朋友这会儿已经开着他的奔驰 G500 在动车站门口等我。昨晚他刚在兰州 space 酒吧挥汗如雨，到现在，他还没有完全缓过神来，他看到我的脸，立即像个傻子一样笑了起来，然后穿着睡衣走下车。

“浪姐?”

“我想吃火锅，你要请客的话就请我吃四川火锅。”我惫懒地道。

“得了，你俩先上车。”

小张是我在工体的好朋友，也是北京人，富二代一个，常年混迹在各大夜店。这次就是追随着全球百大（全球前一百名 DJ）的步子来了兰州 Space。

“怎么样，昨晚玩儿得爽吗?”

我出于客套问一句，一边系安全带一边把包包放到一边。

“爽啊!”小张白色鸭舌帽下原本萎靡不振的脸一提到夜店瞬间兴奋起来，“你别说，虽然它设备硬件跟 OT 还有 E 比都差了点儿，但是，氛围真是没话说，兰州人太热情了，怎么着，今晚去来一波?”

我摆摆手：“不了，吃完火锅，我坐飞机回北京。”

“这么忙着走？”

“有事儿。”

“得了。”

酒场的人都是聪明的，或者说，一般跟我在身边玩儿的人脑子也不会太差。小张没有多问，我也不会多说。我们去安宁路的一家火锅店吃了火锅，其实环境一般，但是不知道是不是我太久没有好好吃过一顿饭了，总觉得这家火锅好吃得有点过分。

“这家火锅叫什么？下次还来。”

小张把印有他们店名的餐巾纸给我：“喏，我也是做了功课的。不过你得来安宁路这家，另外的不好吃。”

“嗯。”

安宁路。

猛一听，这个名字还挺特别的。像是某个精神类专科医院的那种名字。比如，安定医院、康宁医院、安宁医院——你看，是不是很像？

想到这里，我笑了一下，总觉得好像这一条路都变得格外有意思起来，但事实上，这就是一个再普通不过充满着生活烟火的地方，在我眼里，它可以像是医院的名字，但其实，是人们在这里过着幸福安宁的生活。

从兰州回去我又要去见我的医生了，我要把这一路上产生的这些想法全部都告诉他，证明我已经变得越来越好，让那些会让我发胖变丑的药物全部都去见鬼。

……

从兰州机场告别，我一个人回了北京。

T3 航站楼遍布的红黄色系支架外是水蒙蒙的灰色天空。北京今天下雨了，就像我出发去兰州的那天一样。

我很喜欢华北平原盛夏的大雨，利落又干脆，暴躁又疯狂。我戴着墨镜推着手推车从机场里走出来，打了辆车，回的是 R 大。

R 大不是我的大学，是我的研究生院校。我平时就读社会学，这就是我全部的社会属性。

当年我从大学毕业，因为不知道自己想做什么工作，奶奶提议让我再读三年。然后我就考了研究生，于是我现在坐在这里。

我刚刚回到宿舍坐下，一个微信视频打进来。

头像是一朵粉色的荷花，通常我看到这个头像就会头痛，我转了一圈手里的笔，按了接通，然后把手机架在寝室的桌子上。

“京琅。”

“嗯。”

“你回来了，看看，哟，你瘦了，这几天是不是没好好吃饭睡觉？”

老金今年三十岁整，年轻有为，斯坦福大学心理系博士，美国注册艺术治疗师。他是我的心理医生，我们每周进行一次交谈，500 美元 / 小时。他也是知道我秘密最多的人。

“凑合吧。”

“你的旅途怎么样？能不能把每天的具体事项跟我分享一下？”

“就那样吧。”

“说说你看到的风景呗，还有，一起玩的人，他们好不好？有没有值得吐槽的什么人？”

我玩着我的手指甲：“没什么特别的。”

“对了，京琅。”

“什么？”

“我让你给自己的每一天打分，你已经连续二百九十多天都是五分了，为什么，昨天你打了满分？”

我玩指甲的动作停下来。

“嗯……因为我爱上了一个男人。”

“真的吗？”

“嗯。”

“他很吸引你吗？”

“是的，因为我感觉他比我还有病。”

陈一憧。

和他分别以后，我就一直在想他。

我们到最后也没有加彼此的微信，更没有交换对方的手机号码——但是他给了我一个公众号，说这是他平时会连载一些游记见闻的自媒体，这次旅行也会被他写入公众号中，如果我有兴趣的话，可以去看看。

我没有耐心听医生说的那些话，却对这个公众号兴味盎然。

“喂，京琅，你在听我说话吗？”

“我在。”

“你这几天，有没有按时吃药？”

“没吃，忘带了。”

“Oh god.”

我假装没听见他的感叹，好像是感受到了他的不满，我变本加厉地补充道：“而且我以后也不打算吃药了，我觉得我现在好得很。我要努力变得更美，我要让他爱上我。我们会谈一场甜蜜又不失质量的灵魂恋爱，发展到一定地步了就会上床，然后同居，结婚，生孩子，老金，我的生活已经一片光明了，那些西泮还有那些氮平真的什么用也没有——不，它们已经被我扔了，我现在在寝室。”

“不，京琅，不，你听我说。”视频那一端，老金的神态异常严肃，“你之所以会像现在这样，是你的抑郁下去但是躁狂上来了，接下来你会异常兴奋并且觉得自己是全世界最幸福的人，你会继续到早上六点都兴奋不已睡不着觉但是浑身上下又疲惫不堪，你还记得那种感觉的，对吧？”

“然后你就会透支你的体力，在持续的欢愉和兴奋之后，终于你所有的精神动力全部被用光，那时候你的老朋友就会重新找上门。”

“你会继续思考什么是世界、什么是人生，厌恶透你自己的生活，你会哭着给我打电话，质问你自己为什么他还是不爱你。你会胡思乱想你们结婚以后他是否会出轨、小孩是否会叛逆，然后你就会丧失对生活所有的热情——京琅，听我的，乖乖吃药。听见没有？”

我夹着手机，听他长篇大论说了一大段。

最后，我低下头去，叹气。

“噢，那好吧。”

事实证明，每次我停药，结果就是如他所说。

“明天我来找你拿药。”

“乖，这才是我的乖女孩儿。”

“嗯呢。”

我意兴阑珊地挂掉电话。

你看吧，总是这样的。

所有的悲伤都是“被刻意放大”，所有的喜悦都是假象。

就这样，我度过了一段非常艰难的时期。

这种艰难，甚于我在旅途的时候，甚于刚得知我奶奶离去的时候，甚至甚于我生命二十多年中任何一种时候。

仿佛是一个人经历了一场巨大的变故，劫后余生却还未痊愈所留下的阵痛，不仅仅是午夜梦回，甚至在每个风和日丽的下午，忧郁不断侵袭着我。我不能起床，不能吃饭，躺在床上，满脑子想的都是“痛苦”二字。

家里到处都是曾经欢声笑语的影子，甚至连洗手间里遗留的牙刷都没有变，可是人走了，再也不会回来了，活着的人是我，我要忍受一个人了此残生的寂寞——一辈子。

客厅的小狗饿得疯叫——那是我奶奶生前的宠物，奶奶似乎早有预料一般，离开前不久，或许就是几天的工夫，她给它买了自动喂食器，大概是怕我饿死它。

距离小狗来我们家已经两年了，那只原本小得跟个球一样脆弱得曾经让我以为它活不过那个冬天的小白狗，如今已经学会抓着布偶兔子撕咬发情，客厅里都是它自娱自乐的声音，它已经变得性成熟，可我还是没有变得坚强。

我知道，这一切的根源，是我最近拒绝服药。

可是我不服输。

我想发自内心地、真正地靠自己快乐、坚强起来，而不是通过医学研究出来的化学物质，让我勉强去敷衍自己的生命，我每天都很努力地过活，可越是努力，却越让我看清人生的无滋无味。

有一天。

应该就是在后来我终于出事的那一天，一位朋友咨询我抑郁症的事。

他不确定自己的状态是否健康，于是我问了他几个医生问过我的问题，而他的回答同我当时给医生的答案差不多。我悲悯地倾听着，不忍多说，他那时却说了一句让我印象很深的话。

除了不想看到家人伤心的样子，我已经找不到继续活下去的理由了。

我很想安慰他。

可是任凭我调动余生所有的文字功底以及真知灼见，都无法给他一个起码能够说服我自己的答案。

也许就是这句话，终于触发到了我沉郁这段时间埋藏在心里的那个点。

挂了电话以后，我认识到了问题的严重性。

我认识到，有些事，如果现在不完成，我将会抱憾终生。

于是，我心情平静地在某 APP 上点外卖点了一把刀。然后洗干净身体，抽了几根烟，喝了几罐酒。又吞了不知道多少颗医生开给我的药片。

渐渐地，我感受到色彩鲜明的床单包裹着我。世界逐渐立体起来，当你伸手，你可以摸到好几个影子，但事实上什么都没有摸到。

天花板上好像吊着一个女人，但我也已经不会害怕，好奇心驱使我朝那个方向定定地看着，可是当你专注盯着那个点的时候，又好像什么都没有。

然后，我仿佛听到有人在我耳边说话，我感觉奶奶似乎在爱怜地看着我，喜欢的人都在身边。他们唱歌，跳舞，欢聚一堂。

当然，也不尽然都是美好的东西，比如，爱人目光里的躲闪、朋友伤心时的沉默，以及亲人沉默后的失望。

那些曾经刺痛我记忆的东西在大脑里不断撕扯，最终，尽数化成无可奈何的疲惫和模糊。一种轻盈的感觉从我的大脑一直蔓延到脚趾，就像头部最终被这么用力地往下按了一下，然后我睡了过去。

醒过来的时候，我依然听到很多人在身边说话。

头晕得厉害，也清醒得厉害。

我依然还是在卧室自己熟悉的床铺上，但是这一次周围真的来了很多人。

——我的心理医生老金、我最好的朋友茱，以及几个医务人员。

茱看我醒来，哭得厉害，眼睛都泛着红肿。

但是老金似乎对她说过什么，所以她并没有轻举妄动，没有对我发脾气或者打骂，只是一个人背对着我伤心地抽噎。

我看见老金那张柔和又毫无辨识度的脸慢慢在我眼睛里放大，然后用他平缓的声音对我说。

“小京。”他用手搭住我的肩膀，给了我某种温度之后，继续平和地说，“你现在感觉怎么样？”

我闭了闭眼睛，点了点头。

“还恶心吗？”

我点头。

“想吐？”

我摇头。

应该已经吐过了，刚吃完那些药丸在我昏睡之前，我就恶心得不行，然后好像就趴在床边吐了一会儿。现在已经没有什么东西可以吐了。

“乖。”

紧接着老金对他们说了些什么，我也无意去听得清楚。大概是在研究我新的治疗方案，没过多久，我又睡着了，再次醒来的时候房间里已经没了多余的人，只记得，那一晚最后只有茱被许可留下来陪我。

她和着衣服躺在我床的另一侧，双手抱住我，仿佛很怕失去我似的，我俩就这么抱着睡了一晚。

……

也许是超量服药，这一晚我睡得很好，没有做梦，也没有泛起情绪，第二天太阳照常升起，一切就仿佛平常一般。

——除了茱发红发肿的眼眶，以及我手腕上十三道刀痕。

这是我第二次自杀了。

茱寸步不离守在我身边，她红润的眼睛就像一只受伤的小鹿。她是那样伤心，以至于看到她那难过的样子，我心里仿佛也好了些。

“你想吃什么？我去给你买。”

这是我醒来时茱对我说的第一句话，她起身想要下床，我却一下子拉住她的衣袖。

我露出一个苍白的微笑。

“我不饿，想玩手机。”

“我拿给你。”

茱下床背对我用手背擦了一下眼睛，也许这是一个擦眼泪的动作，被我尽收眼底。然后她从桌子上拿起手机，放到我面前。

她以为我会给某个姓孟的人打电话，但事实上我没有。

我只是随便点开微信看了看，朋友圈里各种定位动态，仿佛还预示着我与这个社会的某种连接。有国外时差党刚刚赶完 essay 发晚安祝福的，也有万年如一日不知疲惫的微商，当然，也少不了一些早晨刚从各大夜店出来定位还在三里屯红男绿女。

就在这样一片喧嚣的世界中，我看到了一张很安静的照片。

蓝蓝的湖水泛着银色的波光，阳光恰到好处，没有配字。

青海湖。

陈一憧。

那张照片，就像一个分页符，将我从这段糟糕的岁月中分隔出来。我仍然记得那个祥和的下午，我躺在病床上，在老金将药的剂量调至1.5倍之后，我整个人都变得舒畅愉悦。就是在这一片久违的舒畅愉悦之中，我如命中注定般地点开了他的公众号——随之而来就是最新的一篇推文——《绍兴，念念不忘》。

你在很唯美的海上漂荡过吗？

不是风暴中的漂流，而是阳光照透碧蓝的海面，而自己正好被海水漫过，大开大合躺在海水中随波漂流。

再次有这样的感受，是此刻在水乡绍兴的乌篷船上，而上一次还是在象岛的珊瑚礁。

这里的水，浓厚的绿，起伏之间像沙丘或是丝毯，我躺在船舱里，已经是水面之下了。水波的绵动透过船舱的木板传到身上，以及簌簌的水流声传到耳朵里。这里的水道两岸是青石板，青石板上有游人，我也能感觉到游人的脚步和语声。

石板上和水波下是两个世界，我在两个世界间，在长河里——漂。

……

身边的波动和声音，让我闭上眼睛，却止不住地想那水下更深处的动静。就像漂在海上我会想漆黑深海里的大鱼游过，漂在绍兴的河里我会想石缝间的甬道通向另一条河流，和那条河里又漂着谁。

以上，是陈一憧公众号里面的文字内容。

这篇文章一开始最吸引我的就是标题，念念不忘——这个词太美了。若是他能知道我还对他念念不忘，应该能够理解我看到他这个用词后有多兴奋。

喜欢一个人总是这样的，稍微一点风吹草动就可以联想到自己心中渺茫的爱恋，对方的一点一滴，都会让你幻想两个人之间是否存在着双向联动。

我看着他最后一段文字，尤其是最后一句话，心想着若不是他还对我念念不忘，那便势必有个人在他心里活了很久很久。

病床上，我的表情禁不住地严肃。

这世上最难征服的男人不是浪子，你知道的，有一个词叫作浪子回头，想让一个浪子回头很简单，在他玩够了、玩累了想要安定下来的时候，做那个想让他安定的人，你就可以战胜万千少女凭借着强大的心理素质上位。

但是有一种情况，是很难的。

喜欢一个被感情伤害过的男人，就像要在废墟里栽培出一朵玫瑰。又苦，又累，还容易让人伤心。

当初我选择跟孟冬在一起，就是因为他是一个足够简单的人，他出身农村，父母有七个孩子，他是老大。高考那一年他毫无悬念地成了他们省的状元，上大学以后，是清华大学雷打不动的年级第一名。

毕业以后他直接以顶级人才的身份被一家金融机构录取，年薪 50 万，可谓是寒门出来的贵子，改变了一家人的命运。

孟冬以前跟我在一起的时候经常做噩梦，但他从没有告诉过我他梦到了什么。我只记得那时候他浑身冷汗，哆嗦不停，线条坚毅的下巴上方薄唇紧紧地抿着，双眼死死地盯着天花板。

一开始我以为他是工作压力太大了，直到有一次在他的抽屉里看到一盒药，我才明白，原来这么久，他都在和焦虑症作斗争。

孟冬就是这样简单的一个人，每天开着他的奔驰 S 级轿车在建国门外大街享受着这座城市 0.001% 的精英阶层资源，他最大的灾难就是今天竞争对手的股价又上升了，他谁都不爱。

当我读完推送，看到那句“又漂着谁”，我便想，我和陈一憧的故事，应当也是随着旅程的结束而结束了。

结束了。

我放下手机，离开那五彩斑斓的小屏幕，重新遍布眼球的依然还是医院里白惨惨的四周，也许是看了屏幕太久，以至于我看天花板都会有一些青色的光点。

我重新闭了闭眼睛，再次睁眼的时候，看到病房门打开。

茉刚好回来。

她看到我脸色如常，对着我勉强一笑。

“孟冬来了。”

Chapter 3

富春江，#173616

其实只要他说一句“来”，我就一定会去的。

孟冬的到来使我猝不及防。

我躺在病床上还没有动身，茱身后的门外面走出一个人影来。

他穿着一身藏蓝色的西装，很显白，气质很好。

进来的人紧抿着双唇一言不发地站在那里，就像冬日里料峭挺拔的雪松，带着他一如既往的傲气，视线很快地在我身上从上到下看了一遍。

“那个……那我先出去了，你们聊。”茱点头，然后很快就关门出去了。

我心里大骂茱这个不讲义气的，脸色还没摆正，门就被关上了。

房间里顿时只剩下我们两个人，我赶紧挤出一个假惺惺的笑：“不好意思，不知道你来，没化妆。”

我知道现在这副鬼样子完全不符合我平时京城第一浪应有的排场，在他印象里，我应该就是那个什么都不懂但是一直精致漂亮的小女孩儿。

这是我跟孟冬分手后第一次见面，想要化个妆最起码涂个口红提提气色，让自己看起来体面点都是人之常情嘛，可是此时此刻，我看起来竟然是那样狼狈。

不过，我那一个眯眯笑之后，并没有引起孟冬任何表情上的波动。

他还是紧紧绷着一张极好看的脸。

然后，他才嗓音沙哑地说：“你怎样都很好看。”

我的嘴角抽搐了两下。

“我——”

“阿冬。”

我刚要说出来的话忽然被打断。

我看见孟冬脸上的表情变了变，而我的注意力就被那声百转千回的“阿冬”给吸引走了。

如果没有听错，这个声音，应该是出自他的新女友耿珈。

我勉为其难地扯了一下嘴角。

“你女朋友啊。”

“嗯。”

他顿了顿，说道：“我要走了。”

孟冬说着，然后深沉地看了我一眼。

“我只能这样来看你一次，你……”

“……照顾好你自己。”

他说最后那句话的时候有些匆忙。

说完，就已经走了。

门一开一合，仿佛他从没有来过。

但是那句“我只能这样来看你一次”，却像卷进香烟里面的烟草，被我吸进肺里，不仅有害，还熏红了双眼。

我不去想他为什么会出现在这里，是特地来看我还是刚巧路过。我也不想去想他这句话是什么意思，是以后再也不能与我见面，还是他所能做的只是在我自杀未遂或者自杀成功后来见我一次——总而言之，这种感觉很真实。

就是说，我能够很真实地感觉到我们已经分手了。我们现在对彼此说的每一句话，都像是在对彼此发表遗言。

反正就是，他以后不会再为我做些什么了。

从医院出来，我回 R 大去请假。老金说我必须住院进行系统治疗，按时吃药按时睡觉，一个月后，我的状态就会有很大的改变，到时候就算不用医生强制，我也能够控制住自己。

现在这个世上已经没有人会强制挽留我的生命了——除了老金。我总是打趣他，死了一个患者，他就少了一份看病钱，所以他当然要救我。

我忽然想起自己已经很久没有联系过陈一憧了，于是我给他公众号留了一条言。

下礼拜去浙江，不知能否有幸见江南才子一面？

至于是不是真的要去，我不知道。每个人连自己明天是不是会活着都不能百分之百确定，谁都不能怪谁没兑现对彼此的承诺。

揣着这样的想法，我从医院里走出来。天高云淡，医院的大楼林立在灰色的城市之间突兀而又目空一切，我出来第一件事儿给自己点了一根烟——北京的夏天可真够热的。

其实只要他说一句“来”，我就一定会去的。

……

可是事实上，陈一憧没有对我说“来”，我最后还是去了。

其实 GDP 发展到今天，城市和城市的差别已经很小了。我坐 G39 从北京南站到杭州东，一共也才用了 4 小时 18 分钟。某些时候，四个小时其实连一个朝阳区都走不出去，但是现在，我已经从华北平原到了烟雨江南。

来到这个网红之都，还没下高铁，就有人喊我今晚去当地的 SOS，也有约吃晚饭的，我看了一圈儿，不是夜店就是高级餐厅，倒是没一个说想要带我逛逛西湖的。

杭州距离绍兴是一站高铁站的距离，开车也只要 1 个小时而已。

在酒店里办好入住，我打开微信。

微信果然提示，我的留言被回复了。

“这星期我在北京。”

我看着手机屏幕愣了一下，然后，笑了出来。

我这才刚到浙江，他就已经去了北京啊。

马上，老金的电话就炸了过来，我按了拒接，他立即以一秒两条的速度给我刷屏。

“你去哪儿了？！”

“药带了没有？”

“你怎么从医院逃跑了？！”

“接电话！”

“京琅，下辈子我再当你的医生就他妈……”

我忍俊不禁，然后按了锁屏，酒店窗外是一个小庭院，我坐在阳台上喝了口茶。想着这江南水乡的人日子总是过得比北方有灵气些，若是离开北京“中国的心脏”，也许定居在这样的城市也不错。

没见到想见的人，这一趟浙江也不知道来得值不值，但我听说杭州附近有一个地方是顶漂亮的，离这里不远，却十分静谧优美。不是千岛湖，也不是莫干山，那个地方，叫作建德。

从宝珠西湖到目的地建德驱车大概要两个多小时。途径富阳区、桐庐县，最后到建德市，一路上公路与富春江交缠相伴，素来有“十里画廊”之称。

南朝文学家吴均当年漂流富春江后写下了千古名作——《与朱元思书》。“风烟俱净，天山共色。从流飘荡，任意东西……”元代大画家黄公望结庐在此，隐居 7 年，创作出了传世之作《富春山居图》。此次去建德，为的就是见我奶奶生前一位世交，他说那里有一家不错的酒店，山清水秀，宿船而眠，适合心里有点想不开的人。

我一路边游边发呆，这一次，我带了药，并且按时服用。早上一片，晚上一片，心情稳定，呼吸安宁。

除了药，我还带了一个沉重的单反相机。这段时间我瘦了不少，相机背带背久了会硌得肩膀疼，感受到疼的时候，我就拿下来休息一会儿。

酒店确实不错，是山居式的双层别墅，夜里除了蛐蛐声很安静，独栋的设计私密性也很强。

一夜无眠，不知不觉天就亮了，我也不觉得困，只是太阳穴发胀，脚步有些虚。

但即便很多年过去了，我也记得很清楚，那天早上我的心情出奇地好，窗外是颜料一样浓郁的绿色，绿得很有生命力，也很安静。

这种绿它不张扬，不至于说旺盛到刺痛眼睛。它就这么安安静静地绿着，像我很喜欢的一款叫作橘绿之泉的香水，淡泊又沉稳，即便留存在回忆里，也永远不会褪色。

我热爱树。

比起面朝大海，我更向往空山鸟语。法国电影《家园》中有句话让

我印象深刻："树木是至高无上的，是完美的活的雕塑。它们蔑视地心引力。它们是唯一永恒地朝向天空的自然元素。"

我一直认为，一个人失意的时候，就应该去亲近亲近自然，亲近亲近树木。这些远比你吃药喝酒有用，而且来得更省钱、更积极。

江南终究是江南，富春江的山水在那个时期成为我大脑里一个很重要的意象。在很久以后，当我难过低落的时候，都会试着引导自己回忆那一片静谧的绿。

小学的时候我有一个笔记本，上面印的就是这种沉稳而富有生命力的绿色。我猜测那是一个热带雨林，但是不是《荒野求生》里那种可怕的热带雨林。那个画面里没有船，也没有动物，郁郁葱葱的树林下面就是这样一片颜料般秾丽的深绿。那可爱的模样不会让你觉得紧张，但也不至于平静如常。

我把它用作最喜欢语文课的笔记本，里面的每一笔每一画我都写得很认真。有时候我光是看着这个封面就会看很久，上课不想听讲时，放学坐在桌子前假装写作业时，我都会盯着这同一个画面，从来也不曾觉得腻烦。

记得有一次我因为发呆错过了听写，老师发现后，罚我在全班面前站立一整节课。我早就忘记了当时的自责和羞耻，只记得那天背后空调的风很冷，手心的汗渍打湿了本子的封面，我用校服袖子小心翼翼地擦拭着。

那些年 Monami Ohnn 用过很多文艺的照片当作笔记本的封面，高中备考我终于买齐了全套——充当那种一道题就可以用掉四五页的数学草稿本。那些笔记本当中，有威尼斯的小艇，马卡龙色系的天空，下雨的国际都市……都是极具美感的设计，但我最喜欢的，还是那片我不知道是在哪里的树林。

……

我之所以喜欢这张照片，是因为它让我第一个想到的就是那片树林。时至今日，那个本子早就不知道被我搬家的时候放到哪里去了，又或许早就被磨损掉了颜色，那水面早就已经没有了水面的效果。可是它一直在我的记忆里，鲜艳欲滴。

后来我尝试过用 Photoshop 给这张照片取色，结果却让我失望。软件告诉我这种绿色叫 #173616，一串不特别也不浪漫的数字，看起来就像全球 70 亿茫茫人海中被强行拎出来的一个还带着怯懦的孩子。它根本代表不了这张照片，这张照片也永远象征不了我记忆中的那个笔记本。但是它也是很美的，无论是字节还是照片，对我来说，已经足够美了。

后来的日子，我会时不时拿出这张照片看一看。

它能够让我想到儿时最珍爱的东西。

事情似乎总是如此。

每个人的童年都会有那么一两样最珍爱的东西，可是等到我们发现的时候，那些东西早早就已经离我们远去了。但是在往后糟糕的岁月里，总有新的巧合，让我们惊鸿一瞥，仿佛刹那间就顺着记忆的水波被推回到过去。所以我想着，不然先不要绝望，活下去，试试看，那些失去的美好，你我或许还能再次拥有。

我在建德住了一段时间。

促使我回北京的理由除了行囊里日渐消耗的安眠药以外，还有家中那只还嗷嗷待哺的小白狗。

这段时间我把狗交给了茱。

茱问我是否能把它炖了吃，我看了一眼它大概六斤重的小身板（据说我刚生下来也是六斤重），说道："这是我奶奶最喜欢的狗，现在我奶奶死了，我准备就把它当作奶奶孝敬。"

茱瞬间不说话了。

据说我在浙江这段时间，她天天亲自给它熬粥煮鸡胸肉，每天晚上给它铺床，白天开车送它去奥森公园散步。实在是贯彻了把它当作长辈一样孝敬的方针。就这样坚持了一个月，她终于撑不住了，给我打电话，我那时候正开着车在滨江兜风。

"琅琅，你什么时候回来？我倒是没什么问题，狗胖了三斤，我怕再这样下去会得胰腺炎。"

我寻思片刻，这狗确实不能得胰腺炎，于是订了第二天的机票，返回北京。

奶奶给小狗取名叫不如。

她说这个词代表着一种豁达，她希望我们全家人生在世都可以豁达一点，这样才能开心快乐，开心才能长寿。

我不知道我有没有符合奶奶的期望，但是不如确实做到了。它不仅做到，而且我敢断言，它比这世上大部分人做的都要好。

对于它来说，每天能让它焦虑的只有除了固定时间点才会释放狗粮而其余时间都冷漠丝毫不讲人情的自动喂食器。我经常看到它会拿它那两只小爪子扒拉那个空空如也的狗粮碗，那频率快得就像电动马达，它觉得好像自己只要足够努力就能把狗粮扒拉出来似的，但事实上它只是越努力就越暴躁。

如果它能听得懂人话，我一定会告诉它，其实你只要再等十分钟，狗粮自然而然就会掉下来了。你要做的，只有混吃等死而已。

但是狗听不懂。

它那珍珠奶茶里面的珍珠一样的鼻子还是经常累得发出吭哧吭哧的声音，黑葡萄一样的眼睛永远保持专注，兢兢业业的样子常常让我自愧不如。

终于，狗粮按时落下了。

它欢快地叫唤着，提着小脚在我面前转悠了一圈——它还以为是自己的努力终于得到了回报。

我觉得它之所以能坚持，是因为它还年轻——不刨又能怎么办呢，它饿了。有时候拼命刨也许机器松动能掉下来一颗，不刨就真的只能受制于人了。所以连狗都懂的规矩，我却常常不能说服自己自觉遵守。

一条十岁的老狗还能这么充满活力吗?

我觉得不能。它早就摸透了整个自动喂食器的规律，挨饿就挨饿吧，饿不死就好了，总会有东西吃的。

就算饿死也没有办法了，死了就死了吧。

飞机终于落地，我把不如从奥森接回家。

家还是那个老样子，安静而干净。

从进门开始我就变得异常沉默，沉默得让我想要哭泣。

我一边点烟一边忍着眼泪走到阳台上，整个北京城还是那副老样子，如果说旧金山让人想要奋斗，洛杉矶让人想要享受，那么北京对于我来说既让我想要奋斗又让我想要享受。

这一晚，我一个人在北京一家有名的法餐厅吃饭。茱因为要赶论文所以没有来。服务生对我很友好，没预约也给了我一个靠窗的双人位。

我喜爱美食，尤其是那种昂贵的美食。它们总会给我一种把钱吃进肚子里的力量感。那天，我正百无聊赖地享受着我的美食，门口却走进来一对我熟悉的身影。

孟冬今天一身黑色休闲装，这样子的他看起来比平时少了几分谨慎，多出一点随性的味道。他旁边的女人身材丰满，穿着黑色的修身连衣裙。头发长而直，一副成熟的扮相下，长相却显得很纯真。

这是我第一次看到耿珈，一个比我想象中还要普通的女孩子。

他们在我的斜对角坐下，我今天戴了一个鸭舌帽，低头基本可以挡住整张脸，所以即便距离很近，他们也并不一定就会看见我，我听见他们谈天的声音。

“吃点什么？”

“这家餐厅什么好吃呀？”

“空运生蚝和无花果鹅肝。”

“可以啊，你决定吧。”

孟冬报出两个名字， 我用餐巾擦拭了一下唇角，这两道是我和他来这家餐厅的必点，因为这是我认为这家餐厅最出彩的两样特色。

每个细心的女孩都能发现一些生活中的蛛丝马迹，不仅是前男友前女友留下的小痕迹，也包括前男友带给下一任的小习惯，也许那个她还并不了解，但作为故事里的人，你总是一眼就能看穿。

我无法描述前男友把跟我相处的习惯，带到另外一个女孩儿身上是一种什么样的感受，谈不上好，也说不上坏。我只是独自拿起杯子，喝了一口气泡水，舌尖的起伏让我感到一阵酥麻。

就在这时，隔壁六人桌的谈话内容传入我的耳朵。

“陈博士，欢迎来北京，招待不周，还请见谅啊。”

“吴院长，您夸张了。”

我的水杯在手里僵硬住了，包括里面的每一个气泡，在那一秒仿佛也都静止了。

我只是今天刚刚回到北京而已，一个北京城，一万六千平方千米，常住人口两千一百万，而我们却能在将近三万家餐饮类商铺的同一家同一时间相遇。

我侧头朝那个方向看过去，他就坐在隔着我一桌的位置，一身蓝白相间的衬衫，深色系牛仔裤，整个人清俊得过分，而在我内心爱慕的滤镜下，这个人看上去不能更加英俊。

他仿佛也感觉到了我这边的目光。

一双好看的眼睛朝我看来，随之他们那桌剩余的三个人也看了过来。我朝他们大方地打了个招呼："你们好。"

陈一憧介绍道："我的朋友，京琅。"

刚才那个被称为吴院长的人笑了起来："哟，是朋友还是女朋友得说清楚，陈博士年少有为，那么多佳人还在翘首以待呢。"

他淡笑道："只是普通……"

"是女朋友。"

我已经率先一步让服务生帮我调换了座位。

陈一憧的旁边刚好是一个空位，我在他身边坐下来。他否认的样子让我骤然想起在大西北的时候那对夫妻问我们是否是夫妻时他那冷冰冰解释的模样。我体内的躁动因子这一刻全部复活叫嚣了起来，用老金的话来说就像香槟里的气泡一样不安分，它们可是在建德沉寂了一个月难耐得紧，现正在集体怂恿我赶紧做一些出格的事。

我脸上挂着近乎热情的笑，拉着陈一憧的手臂，脑袋在上面靠了一下。

"一憧不喜欢在老师面前公开我们的关系，这从我们大学谈恋爱开始就这样了。"

说完，我无视他绷紧的肌肉，甚至大张旗鼓地在他的唇角吻了一下。

我这个女人真的太大胆了，真的。很久以后我回忆起这一幕，都觉得自己很勇敢。

只记得当时陈一憧那个脸色十分精彩，嘴角抽搐了一下，脸色黑得能调墨汁。我想我大概是搞砸了，眼前这个男人一定会厌恶我，否则就是爱上我。但当我看到他依然十分平静的侧颜时，心里暗暗揣测，他大概是已经爱上我了，但是很快，我又对自己这个判断开始感到不确定。

他喝了一口杯子里的香槟，然后笑了笑，一个字都没有说。倒是那个热情的吴院长哈哈大笑，直赞扬我是个体贴懂事的好女友，还夸他有福气。

我真不知道自己哪来的勇气去强吻他，也不怕他觉得我轻浮或者讨厌我。唯一能够解释得通的是，我喜欢他，因为喜欢，即便是霸道的行为也变得单纯。

那一餐过后，陈一憧也没有给我摆脸色，甚至都没有提起这件事，仿佛什么都没有发生过一样。

后来谈笑的时候，我似乎看到角落里孟冬的眼神若有似无地朝这边投来，有些荫翳。没过多久，法餐厅送了我们一个玫瑰造型的甜品，说是提供给当日的一对幸运情侣。我酷爱甜品，自然是十分高兴。

就在甜品上来没多久，我看见服务生很快就被孟冬那一桌给叫去。大概是耿珈看中了这一款造型漂亮的玫瑰慕斯，想要一模一样来一份。

服务生解释之后，耿珈显然有些失望。

“阿冬……我真的很想吃那块蛋糕。”

“不能让厨房再做一份？”

“不好意思，孟先生，厨房的材料每天只供应一份，今天可能做不了了。”

耿珈不知道是真的过于痴迷这一个蛋糕，还是可能私底下调查过孟冬知道我们的关系。她朝我这边看了一眼，然后抿起了嘴唇，意图很明显。

孟冬应该也会觉得无奈，但是他不想主动交涉，便委托服务生说道。

“麻烦你询问一下那桌的顾客，是否愿意把那个蛋糕转售给我们，或者我们再给他们点一份别的甜品。”

“这……”

服务生显然很为难。

但是孟冬也是这家餐厅的贵客，终究不好留下不良印象。

最后还是餐厅经理带着礼物来询问我，弄得我们一桌都有点不好意思。

区区一个蛋糕而已，除了造型漂亮没什么特别，也没有非吃不可的意义。

我正准备回答这个服务生，却听到旁边男人清澈的嗓音。

“你喜欢吃这个蛋糕吗？”陈一憧问。

意识到被提问的人是我，便回答道：“我没吃过，不知道喜不喜欢，他们喜欢就给他们吧，我倒是蛮喜欢这家店的歌剧蛋糕的。”

陈一憧听到我的回答，那个画面很经典。

他转过头，优雅地整理着餐巾，像一个中世纪的贵族，又和大西北时那个沉默寡言的他毫不冲突地对服务生开口道：“既然是餐厅的规矩还是不要破坏。替我们婉拒那位小姐，还有，帮这位小姐上一份她喜欢的歌剧蛋糕。”

……

后来，我跟陈一憧说，这个蛋糕真的没什么特别要紧的，我不是那种喜欢在一个蛋糕上面较真的人，也不是一个特别需要特殊关心和呵护的人。

结果他只是一边开车送我回家一边看向我。

“那男的不是你的前男友吗？”

我愣着笑了一下：“你，怎么知道？”

“上次在大西北，你喝醉了，给我看过他的照片。”

“……”

那只是一张很模糊的侧脸。

这是特意认了脸吗？

我不禁对眼前这个看似毫无情绪的男人刮目相看。第一次是特意留心我的名字，第二次是记住了我前男友的长相。

“这位先生，你看起来对我很用心。”

他淡笑："我以为，女人都不喜欢自己的东西被情敌抢走。"

我自嘲："男朋友都被抢走了，何况一个蛋糕。"

"这不是有人帮你抢回来了吗？"

我一下子笑了："怎么，想泡我？"

"嗯。"

我简直笑出了声："想跟我睡觉？"

"嗯。"

然后，他下一句话让我直接愣住。

"看书，旅游，聊天，吃饭，逛展，一起自我提升，这些都是我最想跟你做的事。当然，在那之前，我更想先解决你吃安眠药还有自杀的问题。"

"你怎么什么都知道？"

"重新自我介绍一下，陈一憧，加州大学圣地亚哥分校生物科学博士。虽然暂时还不完全清楚你经历了什么，但是根据我的观察，你吃的药是 Mirtazapine 和 Clonazepam，我猜你有 Depression、Anxiety，或许还有一点 PTDS。"

Mirtazapine，米氮平，白色结晶固体，分子式为 $C_{17}H_{19}N_3$。它作用于中枢突触前 α2 受体拮抗药，增强肾上腺素能的神经传导。口服后很快被吸收，生物利用度约为 50%，约 2 小时后血浆浓度达到高峰，用于治疗各种抑郁症。

Clonazepam，氯硝西泮，一种强效安眠药，它由于加速神经细胞的氯离子内流，使细胞超极化，使神经细胞兴奋性降低。同时，它还对谷氨酸脱羧酶有一定作用，因而具有广谱抗癫痫作用。

“真牛。”

去美国留学的人很多，去美西的人也不少，可是我却真的很少遇到在 San Diego 读书的同学，而且是学生物科学的大佬。我的思绪一下子飞得老远，如果我真的跟眼前这个男人在一起，那一定要跟老金吹牛我终于谈了一个学霸男朋友，牛的程度不在他之下。

我正沾沾自喜之时，车子却在这时已经到了我家楼下。身边的男人很绅士地没有解安全带，下雨天，他找了一个没有水坑的路边停下车。

“到了。”

我回过神，满脸笑意：“真快。”

“确实。”

他看着窗外，面部表情看起来十分轻松。

“外面还下雨吗？好像没有了，那我不撑伞了。”我一边说着一边拿起放在腿边的包包，“那我们下次什么时候见面？”

“你最近有空吗。”

“嗯？”

我不太反应过来。

今天晚上有空，明天晚上也有空。

如果是他约我的话，或许以后的每一天晚上，我都会有空。

“北京夏天太热，初来乍到北方，想去趟坝上。”

我脑子飞快转了一圈。

“你是说，那个乌兰布统的坝上？”

“根据你的时间定，如果你状况允许，我们可以到克旗；如果时间没那么充裕，我们可以自驾到塞罕坝玩一圈就考虑返程。”

我和老金说了所有的事。

包括我接下来又要出走一段时间，包括我恋爱了。

老金当时正在给自己倒水，他在诊疗室里面对面地看着我，背后挂的是一幅一窝刚出生小鸡的摄影作品。

老金的咨询室有两幅画，第一幅是一幅大海。海涛汹涌波澜壮阔，卷起无穷的浪花。在这样的画面之前，会让人们感到心胸开阔，获得生活的启示。

至于小鸡，黄色调温暖朴实，代表着生命。

“别谈了，感情伤人。”他站在朋友的角度上说。

“他是天蝎座的男人。”我回复道。

他无奈地强调：“关键是看人品，不是什么星座。”

“人品挺好的。”

“你的心脏不够强大，伤不起了。”他喝了一口水。

我抿了抿嘴唇。

然后我说道：“他不会伤害我的。”

老金喝水的动作停了半秒钟。

“他是哪里的人？”这一次，他站在医生的角度。

“我还不知道，不过我很快就会知道了，他说要带我去乌兰布统。”

老金冷笑：“不错，自驾游，省钱，连机票都不用买。”

我没好气地翻了个白眼。

“你以为那种泰国跟团七天游就不省钱了吗？塞班岛六天五晚半自由行就不省钱了？还是马尔代夫两三万玩儿一趟就不算省钱？都是一个小时赚一千美元的人了，还这么不通透。”

我看见老金不动声色，然后勾了勾嘴角，我知道自己说错了话。

“我的意思是，遇到一个喜欢的人已经不容易，我不想再因为一些世俗的标准为难自己。”

“明白人，我开始有点放心你了。”

老金按着膝盖从沙发上站起来：“你刚才说要去草原来着？准备去多久？”

“大概五天四晚。”

“记得把药带齐。”

“放心吧。”

我也站起来，微笑着对他说道。

“现在我也算是有爱人的人了，我会严格遵守规矩活着的。”

Chapter 4

乌兰布统，夏日里的遗憾，被秋风所温柔化解

“草原上会有点冷，带一件外套。”
“我没有带外套。”
“那你穿我的。”
“好。”

我是北京长大的姑娘，从小上学身边就会有“满族”的同学。初中有段时间女生之间流行着一种小说叫作“穿越小说”，其中有一种流派就叫作“清穿”，顾名思义，就是穿越到清朝的小说。当时清穿题材的大火毫无疑问地就会涉及满蒙文化的流传，从那个时候开始就有很多同学对草原心向往之。

此行的目的地之一——木兰围场，曾经是清代的皇家猎苑。“木兰”是满语“哨鹿”的意思，打猎时八旗兵头戴着鹿头，在树林里学鹿啼叫，引诱异性，是一种诱杀的打猎方法。“围场”是汉语，就是按照预先选定的范围合围靠拢形成一个包围圈狩猎。木兰围场位于河北省东北部（承德市围场满族蒙古族自治县），地处内蒙古草原。这里一直是皇城根脚下人民出行热衷的目的地，四季风景各有千秋。

天高路远，一往无前。从北京市到乌兰布统，我们走的是 G45 大广高速，全程将近四百五十公里，耗时 6 小时左右。

第一晚我们住在围场镇，到宾馆的时候已是傍晚六点钟。空气很明显地清新起来，也可以看到草原柔和的风貌。我们一路都在听谭维维的《乌兰巴托的夜》，这是孟冬很喜欢的一首歌，他说虽然自己不是草原的人，但是这首歌总是能让他想起自己的家人、想起故乡。

此时我们距离塞罕坝的车程仅有两小时，气候逐渐凉爽，整个世界的高度都在下降，从光华路目空一切的高楼大厦变成极目远眺的离离原上草，所需时间，也只有四个小时而已。

这一晚在我的强烈要求下，陈一憧跟我睡在一个房间。

晚上，我躺上床，他还抱着笔记本电脑不知道在敲些什么内容。我躺在床的左侧，直到很晚他也没有睡下，我也没有睡着。最终他终于上了床，没有吻我也没有抱我，真的宛如躺在一起睡觉的普通朋友。

是我最后一个翻身抱住他的腰，把自己的脸部埋在他的怀里。

他一动不动，也就那么任由我抱着。这是我和孟冬分手后第一次跟别的男人睡在一起，也是我第一次跟除孟冬以外的男人睡在一起。我躺在他身边的时候，既不觉得快乐，也不觉得想哭。

那时候我对他的感情还没有很深。

但是如果后来我知道自己会那么伤心，一定会从认识他的第一天起，就全力以赴。

我一觉睡到了上午十点钟。

陈一憧说他七点就起来了，出去买了早餐和逛了逛当地的商店，以为没过多久我也会起来，可是我起来的时候，他给我准备的早餐已经凉得彻底。

我拿着化妆包走进洗手间，洗漱完毕后开始一丝不苟地化妆。

生活总需要一些仪式感，在大西北情况最糟糕的时候我也坚持坐在车上化妆，那画面其实有点邋遢，但那时候我是故意表现得邋遢，也不代表我享受邋遢。

直到今天，我可以不紧不慢站在镜子前面描绘自己的眉眼，这对我来说是一次偌大的进步。我一直觉得化妆的过程是一种整理思绪的过程，甚至可以说是灵魂的洗涤，把它比作什么都行，这无所谓，我是女人，我热爱美貌，这是我作为一个女人活在世上所谓的自爱。

我出来的时候，他只是看了我一眼。

“草原上会有点冷，带一件外套。”

“我没有带外套。”

“那你穿我的。”

“好。”

我们再一次上路。

这一次，我们走得不紧不慢。

按照计划，大概下午的时候我们就可以到塞罕坝，再往北就是乌兰布统大草原，至于要不要去那么远，视我们那时的状态而定。

草原的路比想象中崎岖，还好陈一憧来的时候就开了一辆性能外观俱佳的高底盘越野。这优势在高速上不大看得出来，入了景区深处却很明显。

路上，他问我想听什么歌。

“有蓝牙吗？”

“有。”

“我连一下。”

望着这绵延的公路，我第一首想起的歌是老鹰乐队的加州旅馆，但是眼下这一秒，我最想听到的却是威豹乐队的*Long Long Way to*

Go。光是那一个前奏就足够让我心潮澎湃。

“陈一憧。”

“嗯。”

“你谈过恋爱吗？”

“嗯。”

“几次？”

“一次。”

在经典的摇滚音乐当中，我们两个的对话听上去很轻松。

事实上，我当时问的也很轻松。噢，原来他谈过恋爱，是的，在大西北的时候，那个男人说到他的亡妻，陈一憧说过一句——我爱的人，再也不会回来了。

“是什么样的？”

“高中的时候，后来她出国了，我们就分手了。”

他的表述非常简单，甚至简单到让我无法联想出什么故事。

“睡了吗？”我觉得自己简直像个流氓。

“没有。”

“接吻？”

“有。”

“我懂了。初恋。”

陈一憧开车，看了我一眼。

车里的音响刚好唱到那句：你握着我的手又突然松开，我可能再也见不到你的脸。

歌词还在继续往下唱，我们却没了说话的声音。

如果用小说的思维来设定，好像他的生命里就应该有这样一场恋爱，虽然简单平静如白开水，但却是像一杯加了毒药的白开水。那个人在他心里撕开一道很深的伤疤，让他很多年都走不出来，也说不出口——直到他遇见我。

如果说我是他的红玫瑰——那个女孩应该连白玫瑰都算不上吧？白玫瑰不应该是指那种仙气飘飘爱了很多年像女神一样最终也没在一起的那种人吗？她应该是什么呢？我高中的时候也喜欢过很多很多人，但是顶多是停留在看一眼就结束的那种，不懂事的那种喜欢，见不得光的，比起孟冬根本就算不上喜欢的那种。

不会是看一眼就想到永远的那种喜欢；不懂事却变成懂事的那种喜欢；生于黑暗却见到光明的那种喜欢；耗尽热血余生都不会再有的那种喜欢。

那时我竟然连问都懒得问，我不好奇她的名字，也不好奇她的长相，她在我心里连个影子都称不上。

车子还在继续前行着。

这也是我第一次跟他提到许飏飏，但是这个人，却并没有从我们生活中就此消失。

……

有一句话曾说——夏日里的遗憾，一定会被秋风所温柔化解。

很长很长的一段时间，我严格遵照医嘱，没有抽烟，没有喝酒，甚至没有熬夜。我戒烟戒酒了可能整整一百多天，手机通讯录里删了三百多号人。

酒吧这种地方彻底与我绝缘，我每天都在 R 大上课，按时吃药，按时吃饭，按时约会，当然，事情发展到后来，我们按时做爱，次数越来越频繁，就像我也开始越来越爱他了。

有一天我拢着红色丝绸睡裙从床上坐起来，我记得那就是很平凡的一天，我趴在肉桂色柔软的床单上，用牙齿咬开眼线笔酒红色的笔盖，然后，在餐巾纸上匆匆记下几行字。

我这一生，周游世界，四处漂泊。

我一直在寻找一条通往安宁的路。

他却是容纳我穿行的安宁街。

当我写下“穿行”这两个字的时候，我不禁皱了下眉。

事实上我不太想用这两个字。可是似乎只有这两个字是上帝安排一样从天上自然而然地落下来，当你拿到手中，就再也无法放下。或许这就是所谓艺术上的美感，但是我们不得不承认，爱情有时候想要追求艺术上的美感，往往就得不到幸福的结局。

我在混沌的思绪中服用了一片氯硝西泮，没过多久就浑浑噩噩地睡了过去。

每一个陈一憧熟睡在我身边的夜晚，都是我一个人独自的旅行。

我喜欢在他睡觉的时候看书，吻他，或者盯着他看，就是不喜欢跟他一起睡觉。

我在他睡觉的时候看过很多书，《茶花女》《阿尔芒丝》《一个人的好天气》，也有一些日本的杂文，但我印象最深的，是菲茨杰拉德的《夜色温柔》。

我几乎到哪里都要说菲茨杰拉德是我最喜欢的作者。有多喜欢？如果这世上只能让我看一个人的书，我选择只看他一个人的。

《夜色温柔》是他完成的最后一部长篇小说，男主是一个精神病医生，他的妻子是一个美丽的但患有精神疾病的富家千金。最终男主遭到失败，变得颓废消沉，他的妻子跟随别的阔少爷寻欢作乐。

故事的结局，男主迪克孑然一身返回美国，在他的家乡以一个普通医生的身份了结余生。

这本书全程我都是躺在陈一憧身边看完的。

越看到后面，我越感到害怕，尤其是看到妻子尼科尔写给男主迪克的那封信：

我但愿有人爱上我，就像好久好久我生病以前那些男孩子那样。不过我想大概要过很多年我才能想那样的事。

……

我第一次开始感到生病原来是件可怕的事，然而更可怕的是，现在，陈一憧正在和我在一起。

这样的恐惧让我整夜整夜无眠，让我终于在坚持戒烟的第一百三十七天之后重新开始点烟，我开始毫无节制地酗烟，当窗外的色度一点一点调亮，我的内心也逐步慌张起来。

我一直坚信一个人只要不去看他不该看的东西就不会难过。

而我就像自残一样，在他熟睡的侧脸旁打开了他的手机。

……

那是我第一次知道许飏飏这三个字，或者说是这个人第一次从我心中连一道影子都不如的存在变成了一个活生生的人。

我不知道最后击垮我的是什么，到底是那张我一辈子对镜头都露不出来的率真的笑脸；还是他手机里珍藏的每一张她的照片；以及她每一条动态下他的痕迹，或者什么都没有，只是第一眼看过去的那种分量、感觉。

或许，这都不算什么。

我只是匆匆看了一眼，然后就像烫手山芋一样丢掉了他的手机。

而从那一天起，他的手机对于我来说，就像是一个潘多拉魔盒，明明百害而无一利，却对我有莫大的吸引力。我想我脑子里某部分东西被激发了。那个曾经在我心中连名字长相都不屑知道的女生终于成为我的头号敌人，或者说，成为我敌人的根本不是那个女生，而是我卷土重来的抑郁症。

痛苦困住了我。

这种痛苦，不亚于当初孟冬和我分手与耿珈在一起。

我把自己心里想的一切都告诉了老金。

“老金，你看过《夜色温柔》吗？我总觉得我就是尼科尔，陈一憧就是迪克，我最终会害了他，而他也会出轨，虽然我可能也会出轨……我现在满脑子都是他的前女友，我知道她是长头发，他们会在食堂里一起吃饭，在小树林里约会，我现在看到长头发的女人就会紧张……我已经瘦了十五斤了……很多应有的快乐都被我自己抹杀了……老金，我不知道怎么说……我总觉得我看到什么都会想到他的过去，就像看到袋鼠会想到澳大利亚……那天，我跟陈一憧说，我感觉，许飏飏就在我的身边。”

“他怎么说？”

“他可能觉得我很可笑。”

说到这里，我非常难过。

没有人想困在这里。

没有人想被永远地困在这里。

我哭得很夸张，用撕心裂肺形容也不为过。一个我在尽职尽责地悲伤着，另外一个我却嘲笑着自己现在的每一个行为。

“小京，你听我说。”

电话里，老金的声音很平和。

“你现在在家里？”

“嗯。”

“床上？”

“是。”

“家里开空调了吗？”

“没有。”

“嗯，陈一憧在你旁边吗？”

“他去便利店了，很快就会回来，”我知道他在担心什么，继续说道，“我起码每天都在吃药，就算状态不好，你也不用担心我会自杀。”

“唉。”

我听到老金无奈地叹气。

“你确实是因为抑郁症的强迫思维才会造成你想这些，小京，你说的这些问题，陈一憧知道吗？”

“他不知道，我怕他知道了会不爱我。”

“你觉得，他会吗？”

我沉默了。

那段时间里，我可能在思考，我和许飏飏之间，到底谁对他来说更重要。

但其实根本不用思考。

我真的没想到我颠倒红尘这么久，还会因为这种仅存在学生妹之间的小打小闹，在我身上上演，连我自己都觉得自己矫情，但是我没办法。

活在自由里的人永远不能理解画地为牢的人的绝望，就像一个正常的人永远不能想象一个在忧郁森林里的人每天要经历成千上万次的煎熬。至于爱——爱，对于世界上一小部分人来说，它确实是能让两个灵魂相互取暖的东西；当然对于一部分来说，爱是身体之间器官上的摩擦。但是对于剩下一部分人来说，爱注定只是一场痛苦又孤独的修行。

走到最后，只是学会了如何与自己妥协。

从那天起，我仿佛就已经有了预感。

若是有什么东西能让我离开陈一憧，那一定是因为这三个字。

孟冬分手了。

这是时隔一年后的一天晚上我才知道的事情。

又是和陈一憧因为许飏飏不咸不淡的一天，我从茱的口中得知这个消息，犹豫很久，还是给他发了这条消息。

“你分手了，为什么？”

“很多地方不合适。”

他在凌晨四点钟回复我。

四点和五点，只是一个小时的差别，五点钟给人的感觉是早睡早起，而四点给人的感觉却是彻夜未眠。

我在床上翻了个身，没有别的话可说。距离我跟孟冬分手已经一年多了，就算跟陈一憧在一起也快一年。距离我奶奶的离开，已经过去了整整一年。我没有再回复他，吃了两颗药，睡意很快就朝我袭来，第二天睁眼，已经是中午。

中午的时候我接到一个电话，说是一个资产顾问，我以为是骗子，直到他说出了自己老板的名字，我才把挂电话的动作给收了回去。

“京琅小姐，您现在居住的这套房子已经是京先生名下，不过京先生考虑到您还是学生，还是会给您安排住处的，麻烦您这两天收拾一下物品。”

“告诉京川一，这套房子是奶奶生前跟我一起住的，如果他做得太过分，我不介意去京家索取更多。”

说完，我直接挂了电话。

一阵冷意蓦然从背后将我紧紧包裹。

我下意识地浑身颤抖。

明明是夏天，我却觉得每个细胞都在发冷。

陈一憧在学校上课，我一个人在家。此时此刻我渴望可以被他抱进怀里，我一边点烟一边把自己陷入庞大的沙发，模拟那个仿佛是一个人形的拥抱。

我用另外一只没有点烟的手给他发了条微信，他没有回复。

从挂电话后，我保持着同样的姿势坐在沙发上整整一个下午。

陈一憧，接我电话，我需要你。

我不知道等了几个小时。

等到后来我在沙发上昏昏睡去，我听到开门的声音。我一下子睁开眼，门口出现男人深灰色的身影，他穿着衬衫，面容英俊，我睁开模糊的双眼：“几点了？”

“六点半。”

“吃饭了吗？”

“没有，回来陪你吃，晚上我要出去一趟。”

“哦，是吗……”我从沙发上坐起来，“去哪里？”

“有几个朋友来北京。”

“我有一件事想跟你说……”

“我们得吃快点，我大概七点就要出发，”陈一憧看了一眼手表，“嗯？什么事？”

我半卧在沙发上，看着他的脸。

我沉默了三秒。

“没什么。”

“那我们出去吃饭吧。”他说着站了起来。

“陈一憧。”

“嗯？”

“今天，可不可以不去？”

我看到他脸色变了变，然后严肃：“怎么了？”

“我……”

“京琅，我有件事要告诉你。”

我的欲言又止被打断了。

“你先说。”我说。

“今天在北京的高中同学聚会，但我想跟你一起吃晚饭，所以我回来了。晚上他们要去唱歌，可能会喝酒。”

我大脑里很快闪了一下。

高中……

“你……那个前女友，也在吗？”

“我不知道。”

“应该不在，我们高中不在一个班。今天只是班级聚会。”

那一刻我感觉许飏飏要出现了——就在我人生最艰难的，要被扫地出门的这一天。

然后我又觉得可笑。

我竟然在纠结这样的事。

这样的小事，都能让我要死要活了。

陈一憧出门以后，我一个人坐在沙发上喝威士忌，抽烟。

药物让我的酒量大不如前，一些精神疾病的药物会影响肝脏对酒精的降解功能。

电话不知道第几声响起的时候被接起来。

孟冬的声音在那头很模糊。

“京琅。”

“嗯。”

“在家里？”

“在。”

“我来接你。”

他其间还说了什么，我忘记了，最终就听清楚这一句我来接你。

等我反应过来想说“不要”的时候，电话不知道什么时候早就已经挂断了。

我看着茶几上还剩下半瓶的威士忌，恶心的感觉一阵阵涌上喉咙。

那一天，我并没有见到孟冬。

但是陈一憧见到了。

他上身烟灰色衬衫从楼道尽头出现的时候，就看到了门口静默伫立的男人。

孟冬不抽烟，只是一个侧头，薄凉的目光便对上陈一憧的。

我想那天陈一憧开门的时候孟冬应该有在沙发上看到昏睡时的我，但是我不记得了。我只记得我睁眼的时候他的表情很平静，不像是见过谁，而是温柔地拿给我一杯白开水。

“心情不好？”

我对他笑了一下：“只是想一个人喝点酒，一不小心，喝多了。”

“看来我得把你家里的酒都藏起来。”

桌子早就已经被收拾干净了，我此时人也已经躺在卧室的床上。

陈一憧把杯子重新放回床头。

“你前男友找你什么事？”

“我不知道。”

我没有骗他。我的双眼聚了聚焦，仿佛忽然想到些什么。

“你见到许飏飏了吗？”

他拿东西的手一停。

我觉得那一秒的沉默可以说明很多东西。

我也是从他那一秒钟的沉默中，心蓦然沉了下去。

然后，我听到他简单地给出一个音节。

“嗯。”

我没再问。

问她好看吗？问你还喜欢她吗？问你们说话留联系方式了吗？

——都没意思。

日子越发艰难了起来。

“我们以后可能不能住在这里了。”

“怎么了？”

“房子产权问题。”

我很怕陈一憧会追问，不过好在他没有。

这是承载我和奶奶所有回忆的地方，我在北京的家，也是我在这个世上唯一的家。

奶奶离开之后，起码有我还能守在这里。可是现在，就连这么简单的，我们即将都要做不到了。

陈一憧定定地看我一眼。

然后他伸出双手，将我拥入怀中。

“我在北京有一个公寓，如果你不介意，可以跟我一起。”

“我不想离开这里。”

“我不想离开你。”他说。

我抬头看着他。

我低头：“可我曾经跟我前男友住在一起的时候，很不快乐。所以，我也不敢跟你住在一起，我不想重蹈覆辙。”

“那这一次我们就用我们的快乐填满它。”

陈一憧说这句话的时候很认真。

在过去的任何时间里，他都没有这样认真地对我说过情话。

尤其是刚刚在一起的时候，他的态度简直可以用不近人情来形容。

这样子的他让我意外，我的直觉告诉我在欣喜。但是很快，这种欣喜的背后却是一阵犹如深渊的患得患失。

是不是今日他见了许飏飏才会如此反常？

即便我满心的好奇，但是那个时候也已经被酒精控制了头脑。我借着酒意昏昏沉沉说了一个“好”字，然后逐渐在他怀里失去了意识。

Chapter 5

金阁寺，金阁处处皆是，而在现实里却看不见

我在期待着什么呢?

《金阁寺》是日本作家三岛由纪夫于1956年发表的长篇小说。小说叙述了一个在金阁寺出家为僧徒的青年，沉迷于金阁之美，却最终将金阁付之一炬的故事。

在打开这本书之前，我们先看一则旧闻。

1950年，在金阁寺内修行的一个名叫林承贤的和尚，突然放了把火将整个金阁寺烧成灰烬，事后，警察在后山发现了意图自杀的林承贤，将他送进了医院。

在警察询问烧毁金阁寺的原因时，林承贤回答：

“因为我忌妒金阁寺的美。”

……

这是陈一憧公众号里的一段文字。

在看到这段话后的一个星期，我就坐上了从京都城中开往位于北区金阁寺的车。

又过了三天，我被陈一憧从日本带了回来，直接送进了医院，再醒过来时，老金坐在我的床边。我左右环顾，老金告诉我陈一憧刚离开，如果我需要陈一憧在身边，他也可以立刻帮我叫回来，我拒绝了。

“你睡了一个晚上，有点饿吧，这里有粥，要不要先喝点？”

“不用了。”

“现在感觉怎么样，身体方面？”

“有点提不起劲来，身体……有点空，好像精力都被倒进床里，没

有装回来，我就起来了。”

老金嘴角提了提，算是笑。

“很形象啊。那你还记得之前发生了什么吗？”

我开始回忆，然后陷入疑惑。

“我是被……陈一憧带回来的，对吗？”

老金点头。

我想他大概是想让我说更多细节，以此评估我的状态，便补充道：“我记得他带我从酒店里出来，坐了很久的车，去了机场。似乎大部分的时间我几乎站不稳，都靠在他身上。还有……飞机起飞的轰鸣声，我记得很清楚，然后就几乎记不清了。”

“之前在日本呢？”

我回忆了片刻，宾馆……金阁寺……霓虹灯……烟味……抹茶冰激凌……仿佛是一面被打碎在地上的镜子，一块块支离破碎的镜面各自映出图景，但没有一块碎片代表了全部真相。

我扶住脑袋，不知道如何用合理的语言表达。

老金点头，示意我可以停止回忆了，说道：“你有一些事情记不清楚，就不用死磕了。你男朋友告诉我，带你回来的过程中还是顺利的，你也没有造成什么不好的后果，身体检查报告显示，你的身体各项指标和之前差不多，所以不用紧张。”

说着，老金从一旁的包里拿出一本笔记本，几支笔，递给我。

“我们现在做一个这样的尝试。”

“你在这本子上写日记，把你能想到的所有在日本的内容都写下来，日期写你在日本时的日期。你可以用你喜欢的方式，写成故事小说也好、游记散文也好、意识流也好。”

“那个柜子里有你的行李箱，你可以看看里面的东西，有助于你回忆。”老金指指门边的柜子，“医院的环境简单，可以防止你受到影响，只要你自己注意，不要从医院出逃了。”

我抱歉地笑笑。

“那我也有一个要求。”我说。

“什么？”

“如果我不同意，我不想任何人探视我，可以吗？”

老金沉默了一会儿，问道：“需要我帮你说明吗？”

显然，他猜到我说的是陈一憧。

“不用了，我只想知道这样是否有利于回忆。”

写日记的事情我答应下来，就此开始了我的回忆，回忆进行得非常艰涩，但有老金的话在前，我没有过分死磕，只是记下我能想起来的部分。

我花了一天时间写下了金阁寺的内容，又花了三天才把它补全。

大学和研究生我读的都是文科，所以很难保证日记里没有过多文学性的表达。好吧，我也不管了，我写完后，又花了两天写后面的内容。其间，老金来和我聊了两次，大概是促使我回忆起了更多的内容。

陈一憧默认了我不探视的要求，我感谢他的理解与付出，但与他在微信上保持联系，一切如常。

以下是补全整理后的日记内容：

10月20日

我看了我的订票记录，确定我是这一天来到日本的。关西机场落地，是白天，直接坐上了去京都的车，到京都时已经是晚上了。

玩到了很晚，忘了回复陈一憧，我们手机简单聊天后我就睡了。

10月21日

原定今天去金阁寺，但是醒来已经是黄昏。

我望着窗外，发了好久的呆，心里一片空白。最后踩着点去酒店餐厅吃了一顿饭。手机没电了，很早睡了。

10月22日

今天很早醒来，但很快睡过去，到中午醒来。兴致勃勃梳妆完之后，忽然失去了全部出门的动力。

当中下了一次楼，吃饭，续了两天房。

10 月 23 日

车子的窗户很冰冷，发动机震动着脑膜感觉是一种按摩。

我记得非常清楚的是一个梦，是我刚才在车上时做的。梦里我站在马路对面，看着对面车站里站着陈一憧，他在等车。我期待他露出什么特别的神色或者做出什么违和的举止，但是都没有。

他就是这样平常地站在车站里，时不时望一眼对面。

在他转头的过程中，他的目光向马路对面的我望来，但是他很快移开了视线，好像根本没有看到我。

我在期待着什么呢？

现在想起这个梦境，我大概明白做梦的缘由了。

之所以梦到车站，是因为我独自站在车站等车。当时偌大一个车站，除了可以被排除在“人群”外的引导员，只有我一个人。

人群从我身边走来又走去，而我在车站等车，有那么一瞬间，我感觉小小的车站就是我的“生活”空间。我在车站弯腰系鞋带，原地逡巡，间隔几秒看一眼对面，几次掏出手机又丢回包里，以至于在这里所做的一切都有了一种对生活的象征意义。

至于为何梦到的是陈一憧在车站，大概是因为我一直对许飏飏这个闯进我感情的人名耿耿于怀，却没有从陈一憧那里得到更多的信息。

我希望从陈一憧的行为中得到某种答案，他对于过去感情的反应和态度……但是没有。

我的手无意识地在包里摸索着，忽然摸到了贴在包底的扁平物体。

我用力把它抓出来，才发现那是一张纸片，把纸片拿到眼前，对着阳光，才看清楚上面的内容。

纸片上画着一张简易的地图，是一个十字路口的样子，其中一个路口被画了一个圈，那代表公共汽车站——这里的车站比较复杂，一个路口有四个，所以需要指引。这张纸片是今天一大早，找酒店前台问路，前台随手给我画的图。我向前台询问了去金阁寺的走法，对着一本旅游宣传册比画了半天。原本我应该用手机查的，但是昨晚忘了给手机充电，今天一早醒来，我看着走红字的电量标志，心里没来由地想把最后的电也用完。如我所愿，成功了，然后我就不得不向酒店前台求助。

我原本还担心知道了车站的位置却不知道乘哪辆车，事实证明我的担心是多余的。公交车站台配备了引导员，是一位颇有耐心的上了年纪的阿姨，我从她那里知道了该如何正确坐车到金阁寺。似乎她的话没有说完，我就转身回了站牌，这让我有些内疚，真的特别内疚，以至于让我整个半天都沉浸在这样惭愧无比的情绪里，难以展颜。

好想折返与她真诚道歉。随着列车越开越远，心中的不安也越发加深。

掠过眼前的屋舍渐稀，绿树渐丰。车子停在一处停车场里，车窗玻璃下已是人头攒动。

到达金阁寺门口。

身旁有一位导游带着一群中国游客正巧也来到这里，正介绍着金阁寺的历史。导游是位男士，除了他胸前的导游证外，看不出哪里像是导游。

我慢下脚步，侧耳听着他的介绍。

这里原本是七百多年前室町幕府第三代征夷大将军的山庄，在他死后……在1950年的金阁寺放火事件中被烧毁，并在昭和30年，也就是1955年重建。

我正要继续仔细听，身后一男一女两个孩子细细尖叫了一声。

前面那位小姑娘手里拿着一个抹茶色的冰激凌。他们的前方，大概是他们母亲伸手把小姑娘拢到身边，嘱咐小姑娘吃得慢一些，从声音中我听出她们是中国游客。追上前的小男孩还想嬉闹几句，但被母亲严厉的眼神制止了。

我看着那个抹茶色的冰激凌……

不过我还是没去买，唉。

我低头闭眼，快速把大门区域甩在了身后。

走过大门后，我的手中多了一张门票，这是金阁寺的门票，也是一张平安符。黄底，黑字由手写而成，中间印着“金阁舍利殿。御守护”，两旁分别是“开运招福。家内安全”和“京都北山。鹿苑禅寺”。

谈不上做工精良，但是一股古雅的气息扑面而来。记得我的一位高中同桌也喜欢收集各个景区的门票，把它们存在文件袋里，然后热情地展示给我看。不过国内大概没有像金阁寺这样的门票，也不知道她有没有收集到。

……

进了景区的门，原本参差拥挤的人流就变得有序而匀速，由于这是一处世界级文化遗产，庞大人流和严苛的建筑庭院保护标准要求游客不能过多逗留。那位带着中国团的导游很敬业地维持着队伍前行的节奏，提醒团队游客跟紧他，不要因为拍照就停步。

……

导游卖力地讲解着。

……

秋冬之际，京都的空气清净而冷冽，被隔离在人流区外的那些草木和屋宇。

一位穿着艳丽的日本奶奶小跑着来到一处篱笆前，指着背后大树的一簇红叶。大概是请她的老伴为她拍照。

一位看上去与我年龄相仿的姑娘指着这对老夫妻，她对身边的高大男子嘟嘴说了句什么。那面容严肃的高大男子把手机揣进兜里，看了眼身边的女子，却只是大步往前走。穿着绿色和服的女子只好追上去。经过我身边的时候，高大男子顺着我的目光反向我看来。我错开目光，男子继续往前走去。小跑着追向男人的女子也向我看来，眼神里有些挑衅。挑衅吗？不，也许不是挑衅，我觉得更多一些……比如，探究、好奇、忧心忡忡……这些的，女人遇到这样的事情，眼睛里的神采往往不光光是挑衅。理论上是这样的。

……

白墙黑瓦搭起的小庙，庙门紧锁。

门前铺着一层白砂，一直延伸到游客行进的路上。

白砂铺成的这条路之上，几座石块放置在不同的位置，石块颜色由上而下逐渐变浅，在巨石底部围着一圈随性摆放的鹅卵石，青苔隐隐。

枯山水啊。

那座枯山水并不大，不过几十平方米，银色的“泉水”从小庙里流淌而出，在人行道前戛然而止。

其间，它经过巨石，没有涟漪，大概是水流很慢。

靠近巨石的细砂从不同角度反射出的阳光，明明暗暗，暴露了不易察觉的微波起伏。

让人想起那句很有名的句子，怎么说的来着？

“幸福感这种东西，会沉在悲哀的河底，隐隐发光。”

……

“阿姨，你在看什么呀？”

“你看到那里了吗？”我手指向小庙前的那片枯山水，“我在看枯山水，就是那里，一种园林的……手工作品。”

男孩随着我手指的方向望过去，双手扒住木栏杆，在那摇头晃脑使劲看，差点跟一个也在把头向后望的外国大叔撞在一起。

我拉了他一把，示意他边走边看。

一双手臂横在我们之间——是男孩的母亲用双手把男孩拢到了自己怀里。

“小心点，不要自己乱走。”

“妈妈，我在看枯山水，姐姐说是和尚的手工作品。”

“什么山水啊，她也是游客。去，你走得快点，到导游身边去，仔细听。”

……

我笑了笑，不禁为自己此时油然而生的类似于悲悯的情感，而感到一丝可耻。

此时此刻，我却无比期待见到金阁。

“回忆这样的过程，你会感觉到痛苦吗？”老金合上笔记本，问我。

这是我开始写日记的第三天，老金把日记本借去了一个上午，显然已经认真地读完了其中的内容。

我表示不会，但不太喜欢把这些无病呻吟的内容展现于人，哪怕那个人是我的心理医生。

“有很多人会在回忆的时候感到费力甚至厌恶，我很高兴你不会，不过我还是要提醒你——因为你有很多心理描写，这种对自己的追问如果让你感觉到不舒适，你就停下来。”

我点头。

老金继续说道：“你的情绪，在见到金阁寺之后，是不是有更大的变化？”

还是10月23日。

转过弯，一潭明净池水的一角出现在我的视线内，水边挤满了人。

我的心跳忽然间快了起来。

那潭池水名叫镜湖池，水面宁静而明丽，倒映着水边的小丘和树木。在池水的另一头，就伫立着金阁。

每往前走一步，每多看到一棵被倒映的树木，我就知道自己离金阁在眼帘里豁然绽放就更近一步。

那是我此行的目标。

陈一憧说，那是艺术独特的化身，曾有位青年为这美而决意毁灭它，所以金阁也具备了毁灭之美全部最深刻的特质。

在我身前几步，游客们就纷纷望向湖面的一个方向，或睁大眼睛，或发出惊叹，然后掏出手机和相机。

我看着那即将呈现金阁倒影的池水，忽然觉得池水漆黑如墨，深不见底。无法用比喻句去描述此刻的心情，我写不出好的比喻句。站在池水前的心情与站在高楼之上如出一辙，我只觉得害怕。不想让自己下一秒就一头扎进黑暗里去，也想哭。

……

想到三岛由纪夫写《金阁寺》，金阁就在他桌案的窗外；

想到 1950 年放火烧了金阁的少年，金阁就在滚滚浓烟上的天穹里；

想到在飞来日本的飞机上独自醒来，金阁就在交错的云端之上；

想到和陈一憧飞驰在西北的戈壁上，金阁就吸引了他的全部视线；

想到我问起许飏飏的那天，陈一憧刚要开口，金阁就把他取而代之。

多么熟悉的一幕。

“金阁处处皆是，而且现实里看不见。”

所有美好，都是我一个人臆想出来的虚幻。

……

老金第二次借走了日记本，这一次到下午才送来。

他问我："你写你看到金阁前的心理活动，和看到金阁后，它频繁出现在你脑海中，这些是你当时的心理活动，还是在写日记时你又想到的？"

"当时就那么想的。"我不假思索回答，然后补充道，"但写东西嘛你知道的，多少有点文学表达，我一直想当一个备受争议的艺术家，你知道的。"

"……"老金汗颜。

"从金阁寺回酒店以后，你就一直在睡觉？"

"那个睡觉可能是因为，喝酒。"

我看到老金翻了个白眼。

我赶忙解释我喝的并不多，只是没想到自己真会如此不耐酒。真的几口就醉了。

"你的药会破坏你分解酒精的能力，"说着，老金把日记本递过来，"看来还有后面的内容，给你，接着写。"

老金走后，我把日记本丢在床头柜上，身体躺倒，看着昏暗房间的天花板，累得要命。

当我在酒店床边的地毯上醒来时，屋内一片漆黑，窗外的天空已经在夜幕笼罩之下，路灯的光打在窗户上，满窗的橙红色。

……

包口开了，里面的东西散出来，有几件化妆品，一只黑着屏幕的手机。我考虑要不要给手机充个电。

我厌恶社交已经到了手机都想丢掉的地步。我恨手机，没有手机就没有消息，也没有电子支付，在中国你想过上田园牧歌般的生活很简单，把手机丢掉就可以了。没有手机，你大概率连恋爱都谈不了，不用婚配，多么轻松……

夜里的京都和白天是两个世界。

……

日本禁烟，这个不好。

烟民不能实现抽烟自由。旧金山就不一样，新潮浪漫又自由，宛若一个色彩艳丽的毒窟。

如果在白天的京都点上一根烟，我会感觉自己格格不入，但是夜里的京都却似乎和点燃烟头的火光是一体的。我尤爱夜幕里的火光，每每都让人想到川端康成的《雪国》。

我记得有个人被三五个同伴搀扶着迎面走来，都穿西装打领带，被搀扶着的男人走过我身边时打了个嗝，空气中混杂着的烧烤和酒精味顿时浓了几分。

一个男人从我背后走过，撞到了我的肩膀，在我身前转过身，小幅鞠了一躬。

我弹了一点烟灰，看见他充满血丝的眼球、深黑的眼袋、始终向下的眼神、嘴唇紧抿、双肩松垮、头发乱糟糟堆在头顶上。让人不得不脑补日剧里经典的情节。

日本这个地方真的很神奇，同样的面孔、同样的亚洲文化，甚至大部分都是同样的文字，却说着一种发音截然不同的语言。

行走在日本的大街上，那种隔膜感，比在欧美国家来得更深。整个人像是被透明的胶囊包裹住坐着时光机而来，就算大雨淋在身上，也完全感觉不到。

……

玻璃门后，中年男子激动地从位置上跳下来。

在他身前的屏幕里一个身着粉色服装的动漫少女对着屏幕巧笑嫣然，活泼，动感，夸张，他们把这个叫作二次元。

我忽然觉得有些伤感，因为我连游戏都不喜欢玩。如果我沉迷游戏，就可以在男朋友不理我的时候一直打游戏，可以在无数个失眠的夜里也打游戏，拿思考生死的时间去打游戏，拿所有用力活着的不想活着的时间都去打游戏，我爱上游戏，一定也会爱上生活。可我连游戏都不爱，真是太可怜了。

……

京都的夜色也开始浸染了负面的情绪。

高低错落的房屋扑了过来。

寂静街道上偶尔走过的跌跌撞撞的人也扑了过来。

星光垂落的街道尽头向我扑来，甚至星光也向我扑来，夹杂着难听的摩擦的声音，我在天桥上看到的所有景色都向我扑来，然后从我身体两侧腋下呼啸而过。

Chapter 6

箱根，冬宜温暖

我打开窗户，砭人肌骨的秋风瞬间瑟瑟而来。
我喜爱箱根的红叶。

冷风呼呼地吹。

从静冈机场出来，我和陈一憧手拉着手，宛如一对冬日里逃学的小情侣。

难以想象这么快我又在日本了，时间相隔宛如只是一个打盹的工夫，从金阁寺回国也不过是几天工夫而已。从机场出来，我紧紧握着他的手，脖子前面红色的围巾不停纷飞，仿佛在欢呼我又干了一件大坏事。

“你说老金要是知道是你跟我一起跑的，会不会劝我跟你分手？”

陈一憧低眸俯视着我，他无奈地叹了声气，但是看着我的眼睛却是晶晶亮的。

“能怎么办，只能等我们回去再好好跟他解释了。”

提到“回去”，我下意识地皱了皱眉。

“不说回去。”

“那就不说。”

“嗯。”

此行的目的地是箱根。

箱根位于神奈川县西南部，是日本的温泉之乡。

从金阁寺回去，我状态不好。老金经过一系列的医学评估后在安定医院给我预约了电击治疗，原本那一天的治疗陈一憧也会陪我去，结果在前一天晚上我却忽然开着小跑到他的会场楼下打电话叫他下来。

陈一憧会才开到一半被我匆匆忙忙地叫下楼，我坐在车里看见他专注而认真的眼神忍不住学着浪荡子的模样按下车窗对他吹口哨：

“走，拿上护照，换个地方去睡觉。”

他听到我这句话路灯下被映照得昏黄的脸侧了一下。

“什么地方需要护照？”

他那时候大概以为我约他去的地方是某个酒店，最夸张也莫过于北京周边的城市，毕竟我明天就要去电击治疗，可我竟然天方夜谭地吐出两个字。

“日本。”

……

“如果我没有护照呢？”

“不可能，你还留过学。”

“那如果我有事来不了呢？”

“你会为我推掉。”

“如果我没有三年日本旅游签证？”

飞机上，我推了他一把：“别如果了，陈博士！人生没有如果，现在的事实就是你，跟我在飞机上，我们还有一个小时就到日本了，好吗？”

“好吧，我佩服你。”他说。

不知道他为什么佩服我，也不知道为什么因为这句话有些不舒服。但是这种不良的情绪很快就消失了——在我抵达箱根的民宿之后。

奶奶生前有一位妹妹嫁到了日本，她的孙女刚从千叶大学文学部退学，据奶奶说我们年纪相仿，近几年在箱根的老房子里做旅游接待业。

说是旅游接待业，其工作性质与国内的民宿业差不多。整个民宿的房间不多，招待客人基本是她一个人亲力亲为。

出了机场，我与陈一憧按照地图拖着行李走过一条两边都是黄叶的陡峭小路，正值秋日，沿路的风景让人觉得置身漫画，竹屋就在一处溪流潺潺的小林深处。

我的红围巾这时候已经从脖子上掉了下来，半挂在身上，看起来风尘仆仆，我就是这样狼狈地见到幸子的，她打扮得像半个世纪以前的日本女人，极简主义的套装，简单得恨不得连针织的线路都没有。幸子的中文名叫“恕”，是幸子爷爷起的。幸子的爷爷是日本的大学教授，一生沉迷中国儒学。

幸子很热情，会说中文。

“您就是京琅吧，几年前我听奶奶说过您。”

我笑着介绍：“这位是陈一憧，我的男朋友。”

陈一憧和幸子相互自我介绍，我的目光落在幸子背后的小屋上。

Booking 里的介绍说这是一家温泉酒店。当初在平台上搜到它的信息都费了好大劲，箱根的温泉酒店实属不少，但如此袖珍隐秘却不多见。

一进门先是换拖鞋，小屋里只看到一个服务员，二十出头的小男孩，脸上的笑非常客气。小男孩手上打着石膏，走过来要帮我们搬行李，也不知道他是怎么伤到的。我与陈一憧连忙婉拒，一人提着一个铝合金大箱子进了屋。

其间幸子也想帮忙，还是被我们婉拒了，她便也没再强求，邀请我们休整片刻一起去赏枫饮茶。

走进房间，屋子里的景象却让我们越发欢喜起来。在国土资源并不丰饶的日本，能有这样的景致实在是让人觉得惊喜。

地上的榻榻米绵密柔软，散发着清洁的芳香。漆木的矮几光亮可鉴，正对着就是一扇纸窗。纸窗外面是幽深又俊秀的绿意。

几株枫树点缀在中间，层次分明。

我打开窗户，砭人肌骨的秋风瞬间瑟瑟而来。

我喜爱箱根的红叶。

深秋的日本哪里都有红叶，奈良的公园、京都的古寺甚至东京市中

心的路边都有那种猩红到令人发慌的枫叶。日本的红叶在我心里总是有一种很特别的精神意象，我相信在日本，不同的城市，红叶气质也是不同的。有的红叶是厚重的，有的红叶是古朴的，有的却是妖异的，像是被鲜血染红的那种。

其中这里的红叶，怎么形容它的美都不为过。富士山周边的红叶美丽尤甚，可能是由于富士山的存在于日本人心中足够特别，就连这里的红叶都莫名染上了一层“神圣”气。

箱根的红叶区别于日本其他某些地区的“猩红”，常常跟沉稳的黄、深浓的绿交相辉映，给人带来一种疗愈美好之感。若是想要坐在这样的竹屋里观景品茶，除却冬日里白雪皑皑的北海道，最惬意的莫过于这秋日的箱根了。

房间正对着窗外的树林，因为是雨天，今天看不到富士山。

宽敞明亮的窗前摆着一面精巧的小茶几，放着三个坐垫，幸子已经给我们斟好了事先放好柠檬的松茸汤，隔着一段距离就能闻到香气。

“日本人喜欢松茸，今天天气很冷，就拿松茸招待二位了。”

我与陈一憧入乡随俗地和幸子一起跪坐在垫子上。

我们聊了一会儿松茸，又说了一些国内的事。幸子得知我奶奶前不久刚过世的消息，叹了一口气，又抿着嘴巴苦笑出来。

“唉，怎么办呢？人生在世，似乎总是要面对这样的事情。”

“是这样的。”我说。

幸子并拢着双膝，手放在膝盖上。

“一年前母亲自杀后我也离开了千叶大学，那时一个人来到箱根，总是停不住地想关于生、关于死的事。”

“今年春天的时候，我也想到过死，我记得那时候樱花开得很漂亮，心里觉得人和人的生命也是盛极而衰，没有意义。”

“很奇怪吧，外国人眼里最美的樱花季竟然是日本人自杀的高峰季，明明是春天的季节……政府却要把它定位成自杀对策强化月啊……”

幸子身上的卡其色的针织衫在这样的光线下几乎要把她和整个竹屋的木质结构融为一体，但是她的笑容却很是灿烂，灿烂到我认为有些夸张，能看到她年轻脸蛋上的皱纹。

“对不起，把你吓着了吧，不好意思。”她对我说。

我抿了抿唇角，眼睛看着手里青白色小杯里的柠檬切片。

“没关系。”

幸子月牙一样的眼角拉出几条浅浅的纹路。

“那的确是段难熬的日子……虽然那种情绪说不清楚，但是我记得有一天忽然很想看枫叶，就像现在这样，坐在木头窗户边，被秋风冷冷地吹着。”

“因为还能有想做的事，所以暂时就把去死的时间往后推一推。然后大概是到夏天的时候，我就不再去想这些事了。”

幸子说到这里的时候，再次略带歉意地笑了。

春天是抑郁的高发期，老金也跟我说过类似这样的话。

准确说，春秋都是，三月到五月，九月到十一月。

“这段时间的生活大概就是这样了，”幸子说，“虽然是跟你们第一次见面，可还是忍不住说了好多，希望不会影响到你们的心情啊。”

“不过……这件事我还从来没有跟身边的人提起过，你们以后如果见到我父亲，请一定要帮我保密，拜托了。”

“放心吧。”我放下茶杯。

像生死这样的大事，即便是至亲至爱之人也很难帮你些什么。我见过太多人除了“不想让家人难过”以外，完全找不到为什么不去自杀的理由。我知道这个话题很沉重，让人压抑，却不得不承认它的确能够让小部分人体会到美感——就像眼前这猩红色的枫叶——那么的漂亮，却总是免不了给人一种血腥的感觉。

川端康成有一本书叫《岁岁年年》，它的封面画的就是这样满目的枫叶。

红叶，黑叶，盘根错节。“只要爱过一次，责任就不能消失。”“生死事大，无常迅速。”在很长一段时间里，我只要看腰封上这几个字便会潸然泪下。其实并没有联想到什么，我尚年轻的生命也未曾有过有如此分量的同感，往往却也会感到忧郁。

一天夜里，我去幸子房间里泡私汤。

那时已经很晚了，我懒得再回到自己房间，就从衣柜里又拿出一床被褥在她旁边的榻榻米上铺下，今夜就留在这里。

幸子睡觉很早，我征得她同意在床边点了一盏阅读灯。

箱根的日子温暖而美好，就连吃饭睡觉这种琐碎的小事都在不知不觉中变得有仪式感起来。

半黑的光线中，幸子整个人包裹在白色的棉被里，只露出一个小巧的脑袋，她看到我手中中文译版的《岁岁年年》笑着用日语沉吟了一句，我只听懂一点日语，还是因为以前奶奶经常带我来日本，从小耳濡目染一些最基本的词句，由此基本判断她念的是那段：

“不是和我这个糟老头子，而是和你喜欢的人在一起试试，这个世界怎么可能空虚无常？再者，即使你父亲不在了，只要你松子活着，这个世界怎么会空虚无常……”

怎么会空虚无常……

这一晚我睡得出奇好，好到幸子是什么时候离开的都不知道。

第二天走出房门，陈一憧一脸凝重地从前台朝我这个方向走，我寻思着应该是想来找我。我上前问：“怎么了？”

“幸子自杀了。”

我愣了一下。

“什么时候？”

“今天凌晨，在后面的树林里，上吊。”

我说不出话来。

“不过被服务生及时发现了，医院刚才也打电话来说没有生命危险。”

我理应有“松一口气”的感觉，可事实上，却完全没有。

“怎么会呢？昨晚我跟她在一起，我怎么会不知道？”

他上前一步抱住我：“京琅。”

“我真的一点都没有察觉到……”

人在我旁边就要自杀了，我却不知道。

“这不是你的错。”

我哀哀地想哭。

这么多次，每当我站在死亡的边缘，总会有人想要伸手拉住我。老金也好，把我从金阁寺接回北京的陈一憧也好，因为有他们的存在，所以我还有机会站在这个人世间。

可是，就在昨晚，幸子从我眼皮子底下走到森林里去了，我却什么都不知道。那个时候，她也会绝望吗？她是否也想有一种和这个世界尚有强烈羁绊的感觉？

哪怕只是一个无关紧要的人劝她应该坚强些，哪怕只是一条不会说话的狗朝她扑两下，只要有那么一个生命尚能给予她存在爱的连接感……是否就不会如此绝望？是否就不会想要结束这卑微渺小，如同蝼蚁般的一生？不会走到冷雨刺骨的黑色森林里，再不回头。

我说想要去医院见她，陈一憧却说幸子已经到神奈川县的一家疗养院去了。

我打听过那家疗养院，探视规则十分严谨，就算要去也要等待层层审核。没过几天医院里送来一封信件，幸子亲笔，据说是她去疗养中心为我留下的。

もっとしっかりしてください。

要坚强些。

富士山下，有一片青木原森林。

它位于日本的富士山脚，是个景色宜人的天然林场。但是，青木原森林最出名的原因却不是因为景色之美，而是因为许多有自杀念头的人都会在这里结束自己的生命。

我曾不止一次坐车路过这片森林，从地质上来看，青木原铁矿资源丰富，属富士山喷发的岩浆地带，熔岩的磁场会让罗盘无法正常指向。有人说这些死亡的人并不都是因为自杀，也有可能是因为迷路无法走出森林。

从外面看去，这片树海接天连叶，用不见天日形容也不为过。又在日本人精神图腾富士山下，也就无疑会吸引那些想结束生命的人们来“朝圣”了。

每年秋天，警方都会在青木原举行一年一度的尸体搜索行动，此行动已经持续了三十多届，一开始，每年只会找到二十具左右的尸体，1994 年，收集尸体的数目飙升到五十七具，而在 1999 年更是增至七十多具，在世界范围内，青木原自杀的人数仅次于美国的金门大桥。

1960 年，松本清张的小说《波之塔》中女主角最后一人面露微笑，走进树林……此后，青木原内集体自杀的人就越来越多了。警方甚至还在森林入口设立了“珍惜你的生命”此类的牌子，森林里也到处都有各种珍惜生命的标语，比如“生命宝贵！请三思而后行！”“为你的家人想一想”等。

来这里做那事的人大多选择的是吊颈，不过据说现在来青木原自杀的人所采取的方法也多元化了，也有跋山涉水来这里服毒和服用安眠药的，也有人选择在冬天大雪纷飞的时候躺在雪地里将自己活活冻死的。

幸子自杀的事在我心里埋下了一颗种子。除了那封信件，她与我没有更多的联络。

我与陈一憧决定在箱根再多停留两日，然后坐后天下午的飞机回国。此时我们二人正无所事事地在橘黄色的落日下散步，阳光洒了满地的黄叶，日本路上的落叶一直鲜少有人清扫，从竹屋出来有一段陡峭的山路，左拐然后右拐，道路尽头是日本随处可见的 FamilyMart，里面也有出售一些箱根本地的特产和纪念品。

山风幽冷，细雨过后的山径路面濡湿，水露从树叶上缓缓流落，犹如被投映上电影影片的小小记录仪，列车在其间呼啸而过，转眼间又是落满细雪的铁轨，一个鸟居于夜色间渐渐伫立直指通往神魔的虚幻世界……万千世界，露水之间，弹指一挥间。

天气很冷，究竟是深秋还是冬季，已经不再那么泾渭分明。陈一憧脱下了他的外套，默默披在我的身上。

我今天只穿了一件黑色的羊绒裙，下身是肉色的丝袜和一个蛇皮的长靴，室外走了这么久，四肢已经有些麻木了。男友的外套上传来他的体温还有他的气息，我抬头看他，他原本就秀气的脸在一件单薄的浅灰色线衣反衬下就显得更斯文。我伸手去脱外套，却被他一把按住。

“穿着吧，别着凉。”

“我不怕冷，你这样也穿太少了。”我说。

“很快就到竹屋了。”

“我不冷。”

我是一个挺固执的姑娘，奶奶也说过。想起奶奶，我心里又感到一阵强大而茫然的虚无。

我低下头去，肩膀上感受到一阵压力。

他白皙而骨节分明的手搭在上面，呈现出一种半拥抱着的姿势。

“怎么了？”

“嗯……没什么。”

“你紧张的时候喜欢说语气词。”

“……”

我没有继续这个话题，刚好脚底下踩到一片躺在泥泞里的黄叶，我用脚尖踱了一踱，没有发出任何声音。

“忽然有点想结婚。”

幸子的事，奶奶的事，无一不让我对未来产生了一种巨大的不信任。

于是即便是眼下有人正在身边牵着我的手，却依然不能够感到安定，年少的时候总是想通过完成各种各样的人生大事去抵抗这种对未来的恐惧——结婚、生子、进修、积累财富……迫切地想要为自己催熟，仿佛只有稳定，才不会面对时光的洪流时被泥沙淹没——尽管我们都知道，这样只是另一种逃避。

可陈一憧的回答让我意外。

“可以。”他说。

“……我开玩笑的。”

“我知道。”

“那你还同意？”

“反正最后都是要结婚，玩笑还是认真，不那么重要了。”

我抿唇：“也可以一辈子不结婚啊。”

“你同意的话，回国后就可以见家长。”

我一愣：“你爸妈……”

“嗯，”陈一憧转头看我，温柔地笑，“养父母。”

聊到了成家立业，总觉得时间过得如此之快，快到让人惊慌失措。不由又想到了一些虚无缥缈的事。

逆水行舟，人越是被时光飞快地推向未来就越容易向后回望。回忆总是能带来时光感，而未来总存在于模糊的幻想当中。

有人说，人都是在一瞬间长大的。

我现在觉得似乎真的是这样的，人就是在无数个成长的一瞬间积累然后长大成人的。关于生死，让我如此深切地体会到“死”这件事，并不是来自我自身的经历，也不是来自身边的人。有一次我听人说身边有位女儿的母亲去世了，在中东国家。由于该国家不允许火葬，因此只能将遗体暂时存放在冰柜之中，联系家人办理相关手续，将遗体运回（国内）。

然而那女儿自幼与母亲关系淡漠，加之家族亲戚生活困难，就一直没有人着手办理这件事。然后这位母亲的遗体就在冰柜里存放了整整两年，不知现在有没有运回……听到这些时，倒也不想去批判谁，可是每每听到这种事，似乎让人不寒而栗的不仅是死前的世界，哪怕是死后的世界，仿佛也能够让人望而生畏，让人“死也不敢死”。

是了，让人能对“死”这件事产生深刻共情的，也许只是对“死后的世界”产生了猜测和共情。

地震那年，朋友对我说：“去了的人去了，活下来的人难受。”

前年开车路过那年大地震过后的城市，曾经的废墟已经被重建了，无论是土地的废墟，还是心灵上的废墟，都在一点点继续修缮下去。

2008 年那一年，无数家庭因为一场天灾支离破碎。大量生命眼睁睁地从身边消失如此真实，看透生死就是一念之间的事了，之前的世界观或多或少也不复存在了，总之就是这样了。

可是怎么办呢，日子总还是要过下去的。

世上走一遭，死后的世界是未知的，只有生前才可以做选择。与其逼着自己去想“生的意义”、尝试看透“生死”让自己痛苦，倒不如只接受“已知”事物的存在，既然生，就无所谓死。没有死，便只有生。

Chapter 7

武隆，远也苍苍，近也茵茵，甚似梦中

我抱着手臂瑟缩了一下：“这武隆好冷啊！”

他紧了紧我脖子上的围巾：“你本来还想穿丝袜的。”

我在兰州的时候就知道陈一憧是正经江浙一带的南方人，从小我接触的南方人不多，南方的男人也就更少。我一直以为他是属于比较害羞腼腆的那一种类型，然而只有等我们交往以后才知道，内向的人闷骚起来才最是要命。

我以为这次回国会直接去南方，谁知陈一憧却把返程的机票定在了重庆。

“早知道你想去重庆，我们去大西北的时候就应该顺路去一下呀。”我对重庆印象不深，只有几次短暂的转机经历。其中一次转普吉岛两班飞机时间间隔较久，我坐出租车去了一趟解放碑，其余便没有更多的游玩经历了。但即便是如此，这座城市在我心中的印象还是非常非常特殊而美好的，这几年尤甚。

“他们二老这几年定居在重庆。”

“嗯？”我讶异。

“你爸妈吗？”

“嗯。”

“我以为是去旅游呢。”

“两不冲突啊。”陈一憧推着行李，我们从江北国际机场的甬道走出来，整个机场很干净，也很漂亮，我记得机场里面的牛肉面都比别的城市要辣得多，以前还有人打趣——川渝地区，迎面吹过来的风都是辣的。

“伯父伯母为什么在重庆定居啊？”

“年轻的时候在这里做生意，有感情吧。”

我点点头。

我们打车从机场离开，也不知道是不是运气好，机场排队等出租车的地方几乎没什么人，重庆这点跟北京似乎略有不同，在北京，哪怕是寒冬腊月的午夜两点，都会有操着各种北方口音的男人等在出口，一边呼着白气一边拦下一个个从机场大楼里鱼贯而出的行人。

天灰蒙蒙的，空气湿润，令人心旷神怡。

“重庆真是个好地方啊。”我由衷感叹。

“重庆嘛，这几年越来越好啦，在我心里，重庆，永远第一！”开出租车师傅非常爽朗，一边说一边拍着胸脯竖起大拇指。

我也竖大拇指：“重庆，真牛。”

“牛！哈哈哈。”

车子开了足足四十分钟，一路上我跟出租车师傅聊得很好。

这不禁让我想起之前几次在重庆打车似乎也是如此。都说北京的师傅尤其健谈，重庆的出租车师傅其实也非常健谈，这种健谈跟北京皇城根下社会责任感极强的北京师傅不太一样，这里的师傅喜欢聊的话题都十分家常，十有八九都会提到老婆孩子，也会向你推荐他们本地人热衷的各种各样的火锅店，甚至会对红油抄手的家庭做法侃侃而谈，字里行间，都是满满幸福的人间烟火。

下了车，陈一憧从后背厢拖出行李。

我看他打开手机在看，上前问：“看啥呢？”

“地图。”

“你自己家还要看地图？”

“谁告诉你是我家了。”他放下手机，揉了揉我的脑袋。

我下意识一躲，然而今早刚特意洗过的头还是被猝不及防地揉了个乱糟糟。

我赶紧理了理额前的碎发：“不是你家，那这是哪儿？”

“我找的民宿，”他说着，然后按照手机的提示按了密码，“家里老人都在，不方便。”

我一下子想歪了，吹了个口哨，嘿嘿一笑：“不方便才刺激嘛。”

“哗——”

我猝不及防，转眼间人已经被按在小区数米高的雕花铁门上。一只手撑在我的耳朵边。

“喂，好多人！”我好像看见旁边路过的老太太都快停下来围观了。

他在我耳边轻飘飘地笑：“你不是喜欢刺激？”

我：“……”

陈一憧的养父母住在重庆的一个山林小区，地势较高，用当地人的话讲就是冬暖夏凉的好地方。

房子是近几年交付的，因此无论是小区还是内部装修都很新。虽说是养父母，但二老原本似乎就跟他的父母颇有渊源，具体是亲戚关系还是世交我也没有仔细问，但是陈一憧一直也叫他们“爸爸”“妈妈”。

这还是我第一次见男朋友的家人。

还没进门，在小区楼下的时候陈一憧就拉着我的手调笑。

“你这手是消防车吗？这么多水。”

我一把抽回来：“你懂什么，老子这叫出水芙蓉。”

“噗……”

他看着我，大概是在憋笑。我脸一黑，心里顿时更七上八下。就在这时，身后忽然有人将信将疑地开口：“一憧？”

我本能地回头，一个约莫五十出头的女人，皮肤白皙，虽然穿着棉服睡衣，但是气质清雅，一看就是那种精神和物质世界都丰富的中年女人，我一下子回过神来，微笑地点头：“阿姨好。”

“欸，这就是小京吧？”

“嗯。”

“我刚做菜发现蒜用完了下楼来买点儿，没想到这么巧，碰到你们。”

我低头，只觉得脸颊上有点热，也不知道刚才那幕被她看到没有。陈一憧似乎察觉到我的异样，伸手把我揽在怀里，另一只手帮他妈妈把塑料袋拿过来：“走吧。”

“欸，好。”

听陈一憧说，他的爸爸妈妈都是南方人，年轻的时候来中部打拼，曾经在重庆生活了很多年。老了之后回到南方发现还是对这里念念不忘，朋友圈子也都在这边，所以前几年又在这里购置了房产，以后准备就在这里生活。

大概是照顾到我的口味，一顿饭做得很可口，并没有全部都放辣椒。吃饭的整个过程中氛围都很轻松，一切如陈一憧所说，他们是“民主家庭”。

“既然来了不忙的话可以在重庆好好玩玩呢，一憧，你带小京多走走，别急着回去泡你的实验室。”

我笑着说：“他这半年几乎都在陪我到处瞎玩了。”

从西北大环线到乌兰巴托，再到京都、箱根，足够意思。

我是流浪惯了，但每次都拉着他，难免也怕影响到陈一憧的正常生活。谁知陈一憧爸爸却说：“这才叫正常的生活。”

中年男人一边给自己倒了一杯黄酒，一边开口道：“年轻的时候就应该多四处走走。等老了以后就算想走也没有那个体力了。这半年听你同学说你很忙啊，我以为你忙着赚钱呢。”

我扭头看陈一憧。

“没有，基本在旅行。”

“那就好。”中年男人说，“还好没有，我听你同学说你在忙，就担心你在做无聊的事。”

“其实挣钱也挺重要的。”陈一憧笑说。

“这世间满地是钱，就看你怎么弯腰去捡。什么家都没什么了不起，要做生活家。”

他爸爸说这句话的时候，我忽然就想到了奶奶。

奶奶年轻时一路创业发家，无论是在她那个时代还是在这个时代都是不折不扣的女强人。印象里高中的时候我沉迷做电商，赚了一点外快，初尝淘金之喜，忽略了学业，那段时间她好像也跟我说过类似的话，叮嘱我未来还有很长的时间赚钱，但是能一心求学的机会却不多了。大概就是这个意思，具体怎么说的，时隔已久，我已经记不清了。

“小京，你觉得怎么样？”

我一下子回神：“啊？”

“妈说武隆不错，叫我带你去玩几天。”

“啊，好啊。”我想也没想地应下来，陈一憧又说：“武隆在山区，会冷，你衣服带够了没有？”

“够的，你又不是不知道，我不怕冷。”

“下午带你去商场。”陈一憧不由分说。

在穿衣这方面，我已经被他诟病已久，他总是恐吓我年纪轻轻冬天不穿裤子，老了以后会得骨刺。我最终拗不过他还是采纳了他的意见，下午告别了他的爸妈以后就跟着他去商场买了几件厚衣服，然而即便如此，第二天傍晚我们从火车站出站还是感到了萧瑟的寒意。

到武隆已经是傍晚，车站外面是蓝墨汁一样的夜色。

我抱着手臂瑟缩了一下：“这武隆好冷啊！”

他紧了紧我脖子上的围巾：“你本来还想穿丝袜的。”

我撇了一下嘴。

从重庆到武隆，只能坐绿皮火车。在高铁四通八达的今天，绿皮火车已经从生活中慢慢淡去了。我上次坐绿皮火车可能还是儿童时期，以至于此行的绿皮火车让我感到既陌生又新奇。

一路上陈一憧都在写科研论文，我无所事事，看了一会儿小说，就靠在他的肩上睡着了。

列车上，窗外正是这样墨水蓝一样的暮色，我醒来就看见对面一对母女正盯着我笑，孩子妈妈对我说："醒啦？睡得真香哈。"

我赧然，嗯了一声，然后摸了摸嘴巴，幸好没流口水，又转头看陈一憧，他也意味深长地看着我笑，电脑桌面上还是那篇论文文档。

那一觉，真是睡得漫长又香甜。我在车窗镜子的反光里看到自己红扑扑的脸颊，忽而就想到了北方室内冬天会有的暖气——高中时一整堂数学课上下来班上的男生女生们脸蛋也会这样变得红扑扑的，既烦闷又可爱。

"啊，睡好久。"

"快到了。"

我舒服地伸了个懒腰。

"这种感觉真新奇。"

"嗯？什么感觉？"他看我。

"好像全世界都在前进，只有我在睡觉。尤其是你也在我身边……很安心。"

说完，我禁不住老脸一红，隔了几秒才发觉原来这是一句情话。

我赶紧看向车窗外，佯装在看风景，然而窗外此时是隧道，什么风景也没有，只有陈一憧的嘴角正对着电脑屏幕上扬。

我们在武隆的住宿地点在仙女山的一个度假村里，整个度假村建筑风格是西式洋房，人烟稀少。随着海拔的增高与暮色的降临——天空甚至还下起了冬雨。多年以后，我对那地方印象深刻的是那晚通入四肢百骸的湿冷，那种每走一步都想要回到房子里的迫切。因为迫切，越发让人冷不可耐。

我心想着明天白天太阳出来了也许会好些，晚上开着电热毯睡下，出门前一秒还是热气腾腾的，然而第二天从别墅里出去的一瞬，那股子寒意几乎在瞬间就迎头盖下。

活到今天，我还从未因为衣服不够御寒而如此忧愁。原来这世上真的是有那种单靠意志战胜不了的寒意，有一瞬间，我甚至想退回房间，然而就在这时，陈一憧把大衣脱下来给我，这种念头在他脱衣服的瞬间一下子消失了。

“还好啦，理论上没问题的。走走就不冷了。”我把大衣给他披回去，“你昨晚就咳嗽，别一会儿倒在山里了。”

年轻的时候，我们总喜欢用痛苦来证明爱——无论是用自己的痛苦，还是用他人的痛苦。但我想，那些大概都是没有被爱情抛弃过的人吧。

——像对于我这样的人来说，我们只想尽力减少爱情里的痛苦，只有这样，才能让爱情不会过快地消耗殆尽。

出发前我跑了几家店，买了一点药和暖宝宝，这才得以没让我俩都在山里病倒。事后我想，这大概是我们在一起这么久以来，第一次我为他做一件事。

茱曾在朋友圈发过一本书，其中有一句话我感触很深，在遇到陈一憧之后尤甚。

只有爱，能治愈爱。

从武隆景区的观光电梯下到谷底，一路上，我们被真正的路人包裹着，陈一憧告诉我他曾经来过一次武隆，不过已经是很多年前，那是一次全国中小学生文学社高峰论坛。

我一晃神：“你说什么？文学？”

“嗯。”

“不是生物、数学什么的？”

“高中有段时间很喜欢写作，我们学校的文学社很厉害。”

我真不知道这个男人还会给我带来多少惊喜。他像一个谜语，只要我不去翻答案，他永远不会向我展现谜底。

从景观电梯出来，一个如同水墨画一样广阔的天地就铺展在眼前。

待到秋来九月八，我花开后百花杀。冲天香阵透长安，满城尽带黄金甲。

——《不第后赋菊》 黄巢

来到武隆，八成的人都会想到一部经典的电影《满城尽带黄金甲》。

我和陈一憧手拉着手走下栈道，人群逐渐密集处，便是景点的精髓所在——天福官驿。

天坑中的天福官驿，曾经是张艺谋《满城尽带黄金甲》唯一的外景拍摄点，它始建于唐武德二年，是一座青瓦灰墙的古色古香的四合院，在电影拍摄期间耗资千万复建，古韵悠远。

电影里，穿着黑色夜行衣的杀手们在一个镜头转场间从天而降，黑色的铁索指向山底的古院，宛如幽夜里的蝙蝠。那是一个极富意境符合东方美学的镜头，然后便是肃杀、压迫，以及——死。

脱离了电影的滤镜，现实中的天福官驿已经不再是当年那个杀气腾腾的官宅。我和陈一憧漫步进去，里面建筑呈包围的形式。除了游客，还有一些其他的收费项目，包括别的景区也会有的求姻缘挂红绳、拍古装照，等等。若非自然景观得天独厚，实际上也没什么特别的。最终引起我们兴趣的还是一个茶室，进门的时候，里面只有一个泡茶的姑娘，没有别人。

泡茶的姑娘气质娴静，只是做了最简单的介绍，并没有强迫我们留下来。我和陈一憧点了一套红茶，没有别的旅客，茶室倒是显得越发清净。

姑娘说自己一年四季都在这边工作，属于景区的工作人员。武隆在游客心中是个四季都漂亮的好地方，但对于工作人员而言夏天就比较难熬。夏天在这里工作，有时还会遇到蛇。我问她会怕吗，她说自然怕，每天傍晚下班都是小心翼翼地走。我又问她山里是否有猛兽，她说不清楚，兴许很久以前也是有的，说到这里她的神色略有一丝严肃。

我和陈一憧在茶室里一边喝着红茶一边和姑娘又聊了一个小时，时至今日，我已不记得那天谈话的细节，只是天色将倾，无奈之下，只能继续往前走。

离开茶室后，身上的暖宝宝开始彻底发力，我与陈一憧都暖得不行。

再往前走，就是仙林雾岚，游客更稀。一个巨大的空谷横贯天幕，宛如贯通古今的隧道，隔绝了尘世。

那日邂逅最美的是一块如同镶嵌着碧玉般的湖泊，渐变的绿，锦鲤的红。也不知道刚才茶室里的姑娘是否会因每日重复面对这里的风景而心生厌倦，但对于我来说，武隆是很美的，已经足够美了。那是一个来了不舍得离开，离开了不舍得再来的世外桃源，它让我明白——幸福就算是梦幻泡影，泡影也如此绚烂。

陈一憧这次的假期总共就十天，在武隆住了三天，我们回到重庆市区。

和伯父伯母告别，我与陈一憧又匆匆坐上了回北京的飞机。

已经有一段时间没有见过老金了，对于这样不知是不是分离的分离，我倒并不排斥，只是觉得愧疚。他如此努力用尽毕生所学地为我医治，而我的服从性却一直低得可怜。

就我的经验来说吧，这病不能拖，越拖容易越严重，并且难自愈，易复发。他有的时候也很头疼，但我还是不后悔。

我相信每个人都有自己的命运。

物竞天择，熬过来的人就活了下来，所谓时来运转，对于我这种人来说所需做所能做的也只是等。我一直很想找个机会感谢老金，告诉他我现在过得还算不错。但是很可惜，再也没有这样的机会了，因为直到最后，我也没有再见过他。

我相信他还在那个诊所里，一个接着一个诊治着来自天南地北的患者，就像往常一样。而我从去箱根后就不再是他的患者——或者说是一个逃逸的患者，又或者说，不是逃逸的患者，而是一个已经毕业的患者。

我和陈一憧订婚了。

我订婚的消息很快在圈子里传开了。自从奶奶出事以后我就没有去过夜场，一年多过去，那些酒肉朋友与我也不再有联系。但我知道圈子还是那个圈子，很小，孟冬总有一天也会知道。

我与孟冬仅仅是一段时间不联系，却仿佛隔了百年。他的反应我不得而知，我也不再关心。总之，过去的岁月的确是离我越来越远了，悲伤已经渐渐远去，即便快乐暂时也还未到。我和陈一憧一起养了不如，它也从那个胆小蛮横的小狗，渐渐变成了一个会四脚朝天睡觉、娇纵富态的憨蛋。我承认自己心里有侥幸的成分，当它用那双黑溜溜沉默的双眼看着我的时候，我总是会想起奶奶。

只不过，如今想起奶奶，已经不仅仅只有悲痛和慌张了。

Chapter 8

万宁，如果记住就是忘却

从一片宽广的草地中央走向海滩，一路有书画展览馆、凤凰九里书屋，还有年轻人喜欢的酒水吧、奶茶吧。

我想起来，曾经我也是个非常洒脱的人。

我扔了小学的毕业纪念册，没有参加几年前大学的毕业照合影。

其实不是因为我多么冷漠，相反，就因为我太不冷漠。所有的过去与我而言都是当下，因此我经常把自己搞得疲惫不堪。从六年级开始，为了让自己活得轻松一些，我开始用一些极端的方式要求自己断舍离，尽管现在看来，那样的执着，有多么虚弱。

之前因为睡眠和精神压力，我不得不长期服用一些精神类药物。这些药物大多可以直接作用于神经，让我很多相隔不远的记忆点都变模糊了。

这样的日子过得就像丢西瓜捡芝麻，一边经历着，一边又忘却着，终于成为一个没心没肺的人。

大概是停药三个月起，我开始后悔了。

后悔自己抛却得太轻易。

当你把自己身边的东西抛得一无所剩时，过去的东西就会自己找上门来。

结婚前一个月，我来海南整理一处奶奶生前留下来的房产。此处曾经是奶奶置业养老定居所用，如今也无人可养，一直空闲着。这个地方叫万宁，一座名字和“长安”一样美的城市。“多彩多情，万福万宁”是它的城市名片，如果说三亚是一位艳名远扬的绝世名伶，万宁倒更像是褪去宝气、厌倦浮华却尚未遁入空门的大家闺秀。城市不发达，但是处处是景。陈一懂在忙婚前最后一个课题，此次是我婚前的最后一次独自旅行。

年初一场天灾，让各城各区都严阵以待。从机场到社区，每一关都有人层层排查。

我从北京来，这一路走的可不算太容易。费时费力地办完相关一切手续，总算闲下来，开了几公里路，一个人走在日落的石梅湾。

来不逢时，今日的石梅湾阴雨连绵，看不见我挚爱的粉红晚霞。从停车场出来，远远听见涛声，活力四射。

从一片宽广的草地中央走向海滩，一路有书画展览馆、凤凰九里书屋，还有年轻人喜欢的酒水吧、奶茶吧。

人行道上，还能看到某种鸟类纤长的爪印，颇有情趣。走近后这才看到原来海上已经飘起来了淡蓝色的雾霭，如同一片清冷的月光，温柔地拥抱着整片细腻的沙滩。

曾经，我一直自诩旅游运不错——上西藏没有高反；上了两次长白山也见到了两次天池娘娘，走到一个地方，来时晴去时雨也是常有的事。只是这两年流年不利，只要是我预想、期待的东西，最终就一定不能如约而至。去草原越野的那次下了大雨，车轮陷进了泥泞里；去茶卡盐湖的那天天空泛灰，等了一天也没见着接连天地的“天空之镜”。这一次，在万宁连住半月，竟没一天见着以前在海边几乎就天天都有的粉色晚霞。我是为粉色晚霞而来的，每一天，我都在海边守着日落，守到绝望。到最后，我不得不开始怀疑我人生中的美事和好运是否就像粉色晚霞一样一去不复返了，我甚至开始怀疑我是否真的见过粉色晚霞，香槟气泡酒一样的加州，草莓蝶豆花奶昔一样的墨尔本就像从未存在过一样，直到飞机起飞，粉色晚霞也没再次出现。

白日里的热辣已经冷却了，海滩上剩下的是偏冷色的宁静。

只是，这一股“静气”是在粉红色晚霞出现时不会出现的东西。

回到北京后，我做了一个梦。

在梦里，我终于再一次见到了粉红色的天空。

梦醒后，我看着空空如也的天花板，就像看着梦里的粉色天空。我忽然想起了些什么，草原越野那天，车轮陷进泥泞里，整个旅程停滞不前，可就在这个时候车里忽然响起了一首我从初中开始就很喜欢的歌，于是我干脆打开了所有的车门，让整个人融入草原上的风和夹杂着雨后的青草味的气息里，那个气味，我至今记得，是阳光明媚的日子里所没有的。那个时候，我也是开心的。

茶卡盐湖的那天，我虽然没拿到联结天空和大地的钥匙，但是那时的天是灰白色的，整个盐湖也是灰白色，盐和盐雕都是白色，干净得没有一丝杂质。盛夏的天气，我看了一场大雪，直到后来正午天空泛了一点点蓝，我和陈一憧听着 Flipeside 的 Hanami，我们那时还没在一起，仅仅是坐在湖边什么也不说，那个时候，我也是开心的。

那些曾被刻上“遗憾”的过去，其实在很久很久以前，也是我们满怀希冀的未来。

2016 年 7 月 21 日

草原越野开始下雨，飘逸，有味道。

草原越野开始下雨，飘移，有味道。

2016年7月21日 15:18

2018 年 8 月 28 日

活在画里。

Chapter 9

北京，青春的尾声

没有人能彻底地厌弃童年。

停药后，曾经我依赖外力走的捷径，终于开始让我遭到了反噬。

当我靠药品把每天发生的事都忘得干干净净后，一些很久远的，甚至我十几年里从未想起的事情一一清晰地浮现在我脑海里。我变得比任何时候都更加念旧，我开始怀念我的童年，我开始回归校园，开始有意无意地去翻看过去的照片，开始频繁地梦到儿时的伙伴。即便他们其中一部分人已经不再是我的朋友，我却依然记得第一次见到他们时的模样。

没有人能彻底地厌弃童年。

即便它再灰暗、再绝望，人们也总是做不到对自己的童年扬声恶骂。只因它已经永远地逝去。

儿童是如此的柔弱，他们不懂自由、难以自省、无法自化，不得自在。

北京是个特别的地方。对于许多人来说，它承载的是梦想，对于我而言，它却是再也回不去的童年。我这一生周游世界，四处漂泊，一直在寻找一条通往安宁的路，也曾以为这一生也不过如此了——如此在云端和谷底来回摇摆——头晕目眩、全无方向。但是，后来变得不一样了。

我遇到陈一憧，他是容纳我穿行的安宁街。如同一颗垂死的恒星，在持续上千年的痛苦中将未完全消散的气体绽放出美丽的花。当沸腾的浪潮重回海洋，当坠落的列车重回山间的铁轨，让土地拥抱成千上万次的凋零——是他，把快乐还到我身边。

在海淀区，有一个地方叫紫竹院公园。那时我还在跟孟冬谈恋爱，只记得书上提到过一个没有根据的传说——去过紫竹院的情侣都会分手。因为竹子是不会开花结果的，所以在这里游玩的情侣最终也会一拍两散。

在那段摇摇欲坠的感情中，我避讳着所有可能会导致“分手”的因素，约会不去紫竹院，甚至开车都要绕一圈，逢年过节，送礼不送“鞋”，因为送了鞋就要跑，只可惜，结局显而易见。

所以，我开始明白，也许真正的爱情，从来不需要“避讳”，而长时间处于风声鹤唳的亲密关系，也很难走得长久。婚礼前的最后一站，我与陈一憧来到紫竹院。

茱得知我要结婚的那晚，把我约出来喝了一晚上的酒。喝着喝着，她哭了起来。我问她为什么哭，她说为我高兴。后来我又问了一次她为什么哭，她说她怕这辈子结不成婚。

茱让我发现，现在越来越多的人害怕结婚，可是害怕的同时，她们又比任何人都渴望结婚。

如果有人问我，遇到一个什么样的男人可以结婚？我会回答：遇到一个好男人固然重要，但是更重要的是遇到一个什么样的自己。

当你不会因为他不回你的消息而彻夜不眠，当你不会因为一个人的离去就哭天抢地，你能预见你们未来的生活并且接受，也许就是时候可以考虑结婚的事了。

我和陈一憧手牵着手走在公园里，碧绿的水，修长的竹，发现这座公园除了地理位置优越和北京其他的公园其实也无多大不同。走入婚姻有时候就像走入这座紫竹院公园，进去之前，不论外界对它有什么

样的评价，既然你们一起来了，就要相信，你们不会轻易松手；出来之后，哪怕真的分开了，你也能继续向前走，如果哪天转了一个圈又

来了紫竹院，你也不会因为过去的不愉快就惴惴不安不敢再进来。如果这样想，紫竹院似乎也没什么大不了的，婚姻也没什么大不了的。

婚礼前一天，我做了一个很美的梦。

它降临于某个平淡无奇的早晨，出其不意，悄无声息。那是我自己做的一个梦，没有靠喝酒也没有靠吃药，旁边也没有男人。它属于我。

那可真是一个难得的美梦啊。梦里既没有瑰丽玄妙的风景，也没有凄美未竟的爱情。其实也就是在做这个梦的不久前，我还一边听着李云迪的钢琴曲《花儿为什么这样红》一边怀恋着自己的童年。

我不知道大多数人是如何，在我过去的岁月里，我没有一天不是恨意昭昭地在仇视着童年，它就像是被悬挂在阁楼上面全然腐朽的尸骨，高高在上，无法战胜，随时都可能会从楼梯上掉下来，在某个风和日丽的日子里把你吓得魂飞魄散。

可就是这成堆的“尸骨”，是我们往后疲惫不堪的岁月里唯一通向纯真的途径。那时我们大家各自在琴房，隔着一堵墙，你敲一个键我敲一个键互相说着悄悄话，明明传达不了任何信息，却像偷窥到了什么了不起的基因机密。我们会莫名其妙在校园里追跑打闹一整圈，明明没有健身的意识，却个个拥有矫健的身体。我们疾恶如仇，坚信这个世界非黑即白，我们不曾看到过灰色，是因为我们也无法分辨灰色。

我们看不懂大部分的世界名著，听不懂许多歌的歌词，甚至当动画片《千与千寻》里琥珀川偷偷把写着千寻名字的纸条递给她时都不能理解——一个人的名字，为什么不能忘记？我们看不到高楼大厦上的商业广告，抬头满目最高不过是一双双大人的腿脚。我们看不懂平克·弗洛伊德的 MV——为什么桌子上的乒乓球打着打着就变成了白色的大球，我们听不懂王菲唱的“青春离奇”。我们仗着青春未去的年纪欢笑喧嚣，对人生离奇一无所知。

我们坚信自己可以得到想要的一切、成为想要成为的人。

“小时候我爸战友带我去买玩具，回来路上我坐副驾驶，迎面开来一辆卡车，我看着感觉要撞上了，马上躲到座位底下，撞完一看那叔叔满脸是血，所以那几年我最遗憾的事情就是我的那些玩具在座位底下被撞坏了。”

—— Celvin 一个网络安全从业者

梦里我去到了很多年后的冬天。

那年，身边的人刚好都在学高中数学。

教室变得很破败，感觉像是在山村。同学们在做一道做了千百遍的解析几何题，所有人都学得很慢。

我既听不进去课，也不想闷头做题。我想看清试卷上学校的名字，却因为劣质的印刷怎么看也看不清楚。卷子第二行上隐隐约约写着“支教”二字的模样。

时至今日，我依然不知道为什么卷子上面写着支教，这时我对上了前座女孩儿的眼神，她羞赧且含蓄地问我多大了，我说：我已经大学毕业很多很多年了。

窗外的天空如同被打上了做旧的滤镜，就像沙尘暴来临的前夕。天之将倾，忽然下起了鹅毛般的大雪。语文课代表大喊着圣诞快乐。

圣诞节到了吗?

不对，沙尘暴不会在圣诞节的时候过来的，我记得是这样的，哪怕在梦里也知道它不会来的，沙尘暴在春天的时候才会来。

孩子们推推搡搡着来到窗户边，院子里还是儿时的模样。

一样的旗杆，一样的校服。孩子还是一样的孩子。

孩子们也不是时时刻刻都是快乐的。

我把手伸到空中，雪瞬间就变成了京城四月天鹅毛一样的杨絮。

我忽然热泪盈眶，迟迟舍不得回到现实。

图书在版编目（CIP）数据

安宁街 / 远山远著 . — 北京 : 北京时代华文书局 ,
2021.7
ISBN 978-7-5699-4207-1

Ⅰ . ①安… Ⅱ . ①远… Ⅲ . ①长篇小说 - 中国 - 当代
Ⅳ . ① I247.5

中国版本图书馆 CIP 数据核字 (2021) 第 110608 号

安宁街

ANNING JIE

著　　者 | 远山远

出 版 人 | 陈　涛
责任编辑 | 张彦翔
装帧设计 | 马　佳
责任印制 | 刘　银

出版发行 | 北京时代华文书局 http://www.bjsdsj.com.cn
北京市东城区安定门外大街 138 号皇城国际大厦 A 座 8 楼
邮编：100011　电话：010-64267955　64267677
印　　刷 | 天津雅泽印刷有限公司 022-29645110
（如发现印装质量问题，请与印刷厂联系调换）
开　　本 | 880mm × 1230mm　1/32　印　　张 | 6.5　字　　数 | 146 千字
版　　次 | 2021 年 9 月第 1 版　印　　次 | 2021 年 9 月第 1 次印刷
书　　号 | ISBN 978-7-5699-4207-1
定　　价 | 45.00 元